尾崎魔弓
Mayumi Ozaki

リングから見えた殺意

女子プロレスラー・鬼《き》剣《つるぎ》魔《ま》矢《や》の推理

祥伝社

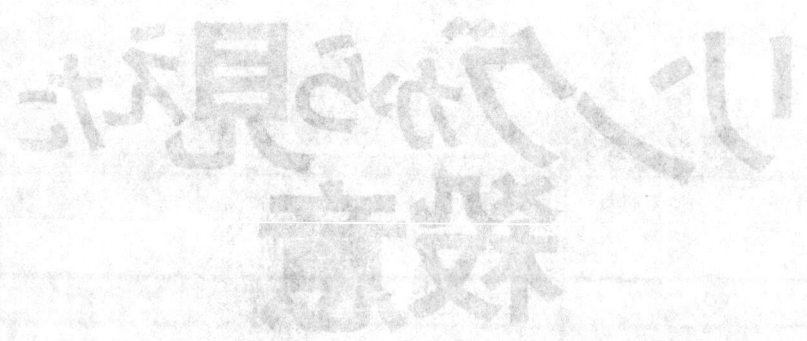

装丁
金井久幸
［TwoThree］

ミニチュア写真
田中達也
［Miniature Calendar］

本文イラスト
藤井祐二

図版
J-art

目次

『リングから見えた殺意』関連地図

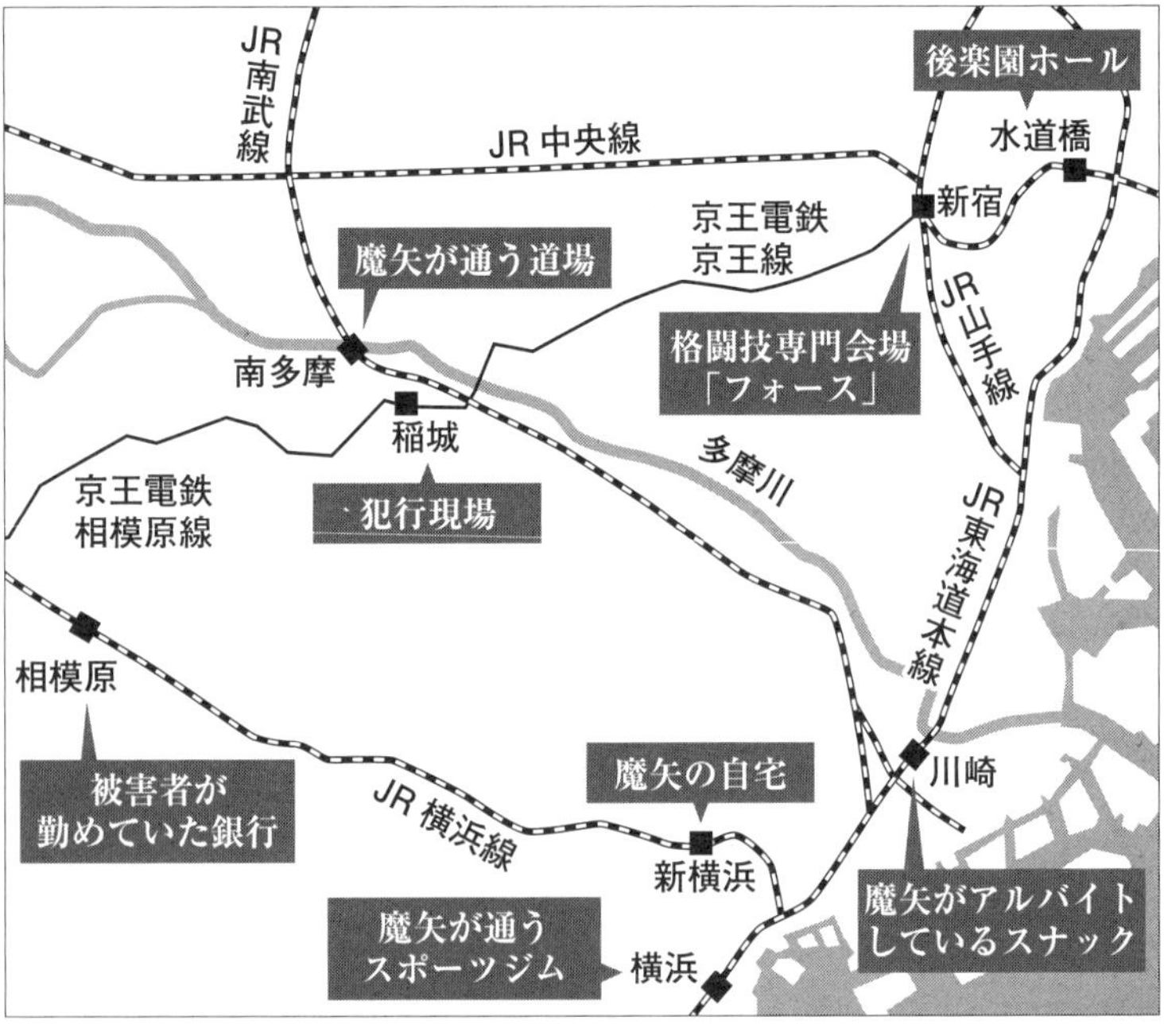

プロローグ

男は、先ほどの緊張感から解放されて、ホッとしていた。

同じ職場の人間と、あれだけ長時間しゃべったのは初めてのことだ。

最初はどうなることかと思ったが、最終的には自分の思うとおりの展開になった。ダメだったものもあるが、これだけは、と思っていたものは死守することができた。

今日まで、あれだけ準備をしていたのだから当然といえば当然だ……。

男は、思わずニヤニヤした。

その分、自分の身に何が起こったのか、理解するのに時間がかかった。

地震？

酔い？

地に足がつかない？

自分が今どんな状態なのか理解した男は、その次のシーンを想像してゾッとした。死んでしまう！

その予想は当たっていた。

その直後、男の後頭部に表現しようもない激痛が走った。

男の意識は次第に薄れていった。

男は気づいていなかったが、彼の後頭部からはおびただしい血が流れていた。
そのまま、男の意識はぷつりと切れた。

男の死体を第一発見者が見つけたのは、一〇時間後のことだった。

1章 いつもの人

1

鬼剣魔矢《きつるぎまや》は「格闘ユニバーシティ」所属の女子プロレスラー。三四歳、プロレス歴十七年のベテランだ。一五七センチ・五二キロの「小柄で美貌の悪役」で通している。

十月二十日の日曜日、午後八時。マネージャー兼リングアナウンサーの山手巡《やまてじゅん》のコールでリングに出た。場所はいつもの新宿歌舞伎町《しんじゆくかぶきちょう》「フォース」、格闘技専門会場だ。

現在は建て替え工事をしている新宿コマ劇場、そのすぐ脇のビルの中にある。別のフロアには、ゲームセンターやボーリング場が入っている。テレビゲームをやっている人たちの中には、自分たちの頭上のフロアで女子プロレスをやっていることを知らない人もいるだろう。

フロアの中央のリングの四面に、パイプ椅子がずらっと並んでいる。その数、約四百。最前列はリングの本当にすぐ近くなので、場外乱闘の際には敏捷《びんしょう》に逃げる必要がある。

入り口近くで売っている生ビールを飲みながら観戦している人も多い。

ロビーはかなり狭いが、ここで、出場選手のＤＶＤやクリアファイルといったグッズを販売している。

悪役の魔矢には、観客の好奇と憎悪の視線が集中するのが、励ましでもあり、腹立ちでもある。いつもはセコンドに付く日暮里子《ひぐれさとこ》は足首捻挫《ねんざ》で三カ月の欠場中、練習生の巣鴨《すがも》みつ子《こ》だけが付いている。しかし、みつ子はリングの片付けだけだから、それが終わるとすぐ引きあげる。選手としてデビューするまでは、セコンドにはつけないのだ。悪役特有の孤独感が殊更に深い。

観客席はほぼ満員、四〇〇人ほどの観客がリングを見上げている。

魔矢は、リングから客席を見下ろす。そして「あの人、今日も来ているな」と思った。プロレス会場には珍しい背広姿の中年男だ。

魔矢が「あの人」の存在に気が付いたのは去年の春からだ。ここ、新宿歌舞伎町「フォース」での月一回の興行には必ず来る。いつも背広姿で青コーナーの二列目四番に座り、決して大きな声は出さない「静かな観戦者」だ。

やがて場内に響く音楽が変わり、照明が青から赤になる。それを待っていた山手のコールで、対戦相手の江戸千夏《えどちなつ》が現れた。

魔矢よりも五歳年上の超ベテラン、一七二センチ・七七キロだ。

客席から歓声が上がる。かつての女子プロレス・ブームの立役者だけに、今も四〇女から一五の少女まで、幅広い層の女性ファンが多い。

美貌の悪役と大女の善玉——これは、女子プロレスではファンを喜ばすカードだ。

「今日は勝ちたい」

と魔矢は思った。

プロレスは八百長ではない。長く闘っていると、相手のだいたいの流れが読める。互いの立場や最近の試合結果から、どう動けばよいかがわかるが、外れることも多い。

江戸千夏とは今年二度目の対戦で、前回は負けている。

だから魔矢は「今日は勝ちたい」と強く思った。

だが、リングに上がった千夏の眼光は鋭い。「勝って当然」の表情だ。

「今日はアタシだって負けないぞ」と魔矢は思った。


試合は白熱した。魔矢は跳び蹴りや裏拳をヒットさせ、得意の後ろから抱え投げるスープレックスで三度、千夏の巨体を投げ飛ばしたが、千夏は体力にものを言わせて跳ね返し、テキーラサンライズの大技を連発、場外乱闘にもつれ込んだ。

魔矢は青コーナーから客席に蹴落とされて転がった。音を立ててパイプ椅子が倒れ、慌てて観客が立ち退《の》く。観客たちは悪役の魔矢がやられるのに大喜びだ。

「チクショオ、ひでぇ」

魔矢は喚《わめ》きながら床を這《は》った。

目の前に、背広姿の「あの人」がいた。周囲の観客が立ち退いたのに、膝《ひざ》に置いたアタッシェケースを両手で握り、身を硬くして動かない。

その瞬間、魔矢は、（これは、いつもの人とは違う……）と思った。

プロレスを見慣れた客は、場外乱闘で選手が転がってくるとすぐさま立ち退く。じっと座ったままなのはプロレスに慣れていない客だ。

これはいつもの人とは違うぞ。そう思うと、どうも顔つきも違うような気がする。しかし、髪型も洋服も、いつもと同じだ。替え玉なのか。だとしたらわざわざ替え玉を用意したのはなぜだろう。

場外乱闘の最中だから本来だったらそんな余裕はないのだが、思わず「あの人」をじっと見てしまった。時間にしたら、おそらく一秒もなかっただろう。魔矢の視線に気づいたらしく、男のほうも魔矢のほうを見た。その瞬間、二人の目が合った。

魔矢はいぶかしげな顔になっていた。

男のほうはなぜか、おびえたような表情を見せた。

だが次の瞬間、魔矢は千夏に髪を摑《つか》まれてリングの方に連れ戻された。

試合は一五分二四秒、脳天逆落とし（パイル・ドライバー）からの体《たい》固めで江戸千夏の勝利という結果に終わった。鬼剣魔矢には背広姿の「あの人」が、いつもの人とは違っていたという事実だけが印象に残った試合だった。

2

翌日の月曜日。十月二十一日。

鬼剣魔矢は南多摩《みなみたま》の道場へ出た。ＪＲ南武線南多摩駅から歩いて十分ほど、道場は古い倉庫を改造したもので、六メートル四方のリングを設置すると左右はきちきちだが、前後にはかなりの余裕がある。入り口側には事務スペースが、リングの奥には運動器具などを並べた基礎体力づくりの鍛錬場がある。

この道場は男子プロレス団体の「帝国プロレス」が運営しているのだが、魔矢たちの女子プロレス団体「格闘ユニバーシティ」は週に二日、月曜と木曜の午後、ここを借りて練習している。それ以外の日は、選手それぞれが自主練習をしている。

所属選手一〇人のうち、この日は九人が来ていた。

江戸千夏と、後輩の飛騨雪枝《ひだゆきえ》、美濃秋乃《みのあきの》はすでに練習が終わっているようで、トレーニングウェアのまま、リングの近くで楽しそうにしゃべっている。

長期欠場中の日暮里子は今日も来ていない。右足首捻挫から二カ月、もう十分回復しているはずだ。

入り口横のデスクでは、マネージャー兼リングアナウンサーの山手巡が気難しい顔でパソコンを見ている。昨日の試合の収支会計をしているのだろう。マネージャーにとっては大事な仕事だ。

魔矢が柔軟体操や受け身の練習で小一時間ほど汗を流していた時、見知らぬ訪問者が現れた。

背広姿の二人連れ、中年の小柄な白髪頭と長身の青年だ。二人とも妙に目つきが鋭い。山手が妙にペコペコしている。あの二人、何者なんだろう？　練習を続けながらも、魔矢は気にな

ってしょうがなかった。やがて山手が、

「千夏くん、ちょっと」

と、千夏を呼んだ。

「昨夜、この人来てたよなあ、いつもの席に」

写真を見せて尋ねるのが、魔矢にも聞こえた。

魔矢のところからも、山手が手にしている写真はよく見えた。プロレス会場によく来てくれる、「あの人」だ。髪型と背広姿に、魔矢も見覚えがあった。ただ、いつも来てくれる人なのか、昨日の替え玉のほうなのかまでは、わからなかった。

そして、そんな質問をするということは、あの二人は刑事なんだろうか。そう考えてみると、二人の目つきが険しいのも、なんとなく納得できる。

「ええ、いました。いつも背広だからすぐわかりました」

と千夏が答えている。

違うよ、昨日来てたのはいつもの人とは違うよ——魔矢はそう思ったが、呼ばれも尋ねられもしない自分がわざわざ言いに行くのもおかしな気がして、黙々と練習をつづけた。

「何なら、ビデオを見たらどうです。ＪＳテレビが撮ってたから」

千夏の言葉で二人の客は納得したのか、帰っていった。

「何だったの、あの二人」

魔矢は、気になって山手に尋ねた。

「大したことじゃない。昨日の試合に『この人は来てましたか』と、刑事さんたちが聞きに来ただけだよ」

やっぱり刑事だったのか。魔矢は、自分の直感が当たったことが、ちょっと嬉《うれ》しかった。

「魔矢も気づいていたか、毎回、背広姿で見に来てくれている人。あの人は砂場正一《すなばしょういち》といって、武州《ぶしゅう》銀行の相模《さがみ》支店長なんだって。何百億ものお金を動かしているらしいよ、その支店では」

山手は何気なさを装っていたが、内心興奮していることは魔矢にもわかった。

「へえ、それがどうしたの。何でその人が昨日来てたか、警察が聞きにきたの」

魔矢は重ねて尋ねた。

「砂場さんが支店長をしている支店の人が、昨夜急死したらしい。それで、昨夜の行動を確認しに来たんだ。砂場さんだけじゃなく、他の行員の行動も念のため調べているらしい。ご苦労なことだよ」

銀行員の死。自分には関係ないことだと思いながら、魔矢は山手の話を聞いていた。

「それより、あの砂場という支店長、お前のファンらしいから大事にしろよ」

山手はそう言うと、出ていった。

あの人が自分のファン？　そのことに驚くよりも、そんなことまで刑事が知っていること、そしてそれを山手に伝えたことに、魔矢はいささかぎょっとした。

山手がさっきまでいたデスクには、夕刊の社会面が拡げられていた。

そこには、「銀行支店次長が変死」という小さな記事が出ていた。

――今朝午前七時一〇分頃、多摩原遊園地（東京都稲城市《いなぎ》）の第二駐車場内で男性が死亡しているのを出勤した従業員が発見、警察に届け出た。男性は武州銀行相模支店次長の湯山健二《ゆやまけんじ》さん（五六）で、死亡推定時刻は昨夜午後九時頃。警察では事件の可能性もあると見て調べている。

山手が言っていたのはこの事件だな。魔矢は読みながら納得した。

同時に、不安になった。

いつもの人（砂場支店長）は、昨日に限って別人だった。別人が、替え玉のように座っていた。そして、そのことに気づいているのは、どうやら私一人らしい。

このことを警察や山手に言うべきかどうか、魔矢は悩んだ。

（山手と千夏の証言で警察が納得しているんなら、それでいい。私の印象だけで、昨日の人は別人だったと申し出て騒ぎを起こすべきじゃない。砂場さんという人に迷惑になるかもしれないし……）

魔矢は自分にそう言い聞かせると、再び練習を始めた。

3

「やあ、魔矢、がんばれよ。土曜日は北国女子プロレスの出張試合だからな」

中二日置いた十月二十四日、魔矢が道場に出ると山手が声を掛けてきた。何やら上機嫌だ。珍しくニコニコ笑っている。

「南多摩の駅前に建設中のビルがあるだろう。あの地下、まだ借手が付いてないらしい。そこを『格闘技カフェ』にしたらと思うんだが、どうかな。駅前だし、学生や若者が多いし」

山手は興奮気味にしゃべっている。

今年で四三歳になる山手巡は、この世界では数少ない大卒だ。スーパーの店員をしている奥さんとの間に、女の子が二人いる。

ただの女子プロレス・マネージャーではなく、何かを経営したいという夢を持っている。マネージャーのギャラが安すぎるので、副業で稼ぐのだ、というのが山手の言い分だ。

「格闘技カフェ」の構想は、魔矢も何度か聞いたことがある。大型テレビで格闘技を見ながら食事や喫茶のできる店だ。山手の長年の夢だが、資金を出してくれる者がいない。

山手が言っている南多摩の駅前のビルは、道場の最寄り駅なので、魔矢も道場の行き帰りによく目にする。ここ数カ月工事中のようで、マトモ建設の大きなロゴの入ったシートが目立っている。

「お金はどうするの？　スポンサーがいきなり出てきたの？」

「あのビル、武州銀行が融資しているんだが、地下が空き家のままじゃ困るというんで、こっちに融資してくれそうなんだよ。月曜に刑事さんが来ただろう、あのあと銀行に行って融資の相談をしたら、支店長じきじきに対応してくれて、とんとん拍子に話が進んでね。相模支店って横浜《よこはま》線相模原駅の駅前なんだけど、車だと三〇分ちょっとなんだよ」

「へえ、凄いじゃない」

魔矢は相槌を打ったが、同時に疑念も抱いた。

わざわざ支店に行った山手の行動力にも驚いたが、支店長が山手に融資するのは、ひょっとして替え玉のことをしゃべらせない口封じのためではないか。

だとすると、支店長は湯山次長の死に関係しているのかもしれない。そもそも替え玉観戦をしたのは、アリバイ工作のためかも。

そこまで考えたとき、替え玉のことに気づいているのは自分だけだという事実に思い当たって、魔矢はぞっとした。

そして、替え玉のことを山手にしゃべるのはしばらくよしたほうがいい、と考えた。

午後六時、自宅に帰った魔矢は、着替えをしてアルバイト先のスナックに向かった。魔矢は、横浜線新横浜駅から歩いて五分のアパートに住んでいる。南多摩道場とは、電車で一時間ほどの距離である。

女子プロレスの試合は月に四、五回だけ。ファイト・マネーだけでは食べるのがやっとだ。人気選手の江戸千夏は自分で居酒屋を経営し、飛騨雪枝や美濃秋乃ら若手レスラーを働かせている。他にも、焼肉屋のアルバイトをしている者もいるし、介護の仕事を手伝っている者もいる。力仕事の多い介護業界では重宝されるらしい。

悪役で売っている鬼剣魔矢が働くのは川崎《かわさき》のスナック「可奈子《かなこ》」だ。新横浜駅からだと電車で三〇分ほど。四十代後半のママと二十代のバーテンダー真人《まさと》、そしてアルバイトの魔矢だけの小さな店だ。ここでは、魔矢がプロレスラーと知る客はいない。

実は、このお店の経営者兼ママである駒込《こまごめ》可奈子も、元女子プロレスラーである。魔矢がデビューした頃は「クレージーホース（荒馬）火奈子」のリングネームで売れた美人悪役だ。

女子プロレスラーには、引退後も道場や試合会場に出入りする「べったり」と、一切寄りつかない「ぷっつり」とがいる。駒込可奈子は典型的な「ぷっつり」で、店にはプロレス時代のトロフィも写真もない。

「ぷっつり」の共通点は、激瘦《や》せだ。駒込可奈子もプロレスラーの頃には一六三センチ・六五キロの大型だったが、今は五〇キロそこそこ。肩幅の広さがわずかに当時の面影だろうか。

魔矢がこの店に出るのは月曜から金曜まで週五日、七時から一一時までの四時間だ。試合はたいてい土日だから、魔矢がアルバイトをしている時間帯に試合が入ることは滅多にない。

魔矢の仕事は飲物とおつまみを出すだけだが、美貌のおかげで結構人気がある。魔矢との取り留めもない会話を楽しむために通う常連客も、何人かいる。

新横浜のアパートで同棲したタケシも、はじめはそんな客の一人だった。

タケシは長身瘦《や》せ型で彫りの深い顔立ちをしていた。同棲するまで魔矢がプロレスラーだと気づかぬほど鈍感な男で、自称ミュージシャン。喫茶店のような狭いライブ会場で歌っていたが、実体は商事会社の派遣社員で、月収二〇万円そこその頼りない男だった。

結局、この同棲は半年ほどで終わりを告げ、タケシは来た時と同じようにあっさりと消えた。

去年の十二月十六日のことだ。

後楽園《こうらくえん》ホールでのタッグ選手権で、魔矢が日暮里子と組んで江戸千夏、美濃秋乃の善玉組に勝利し、祝杯に酔って夜中にアパートに帰ってみると、タケシは消えていた。

あとにはラジカセと何本かの自作テープ、着古した衣服が多少残っただけだった。服は年明け早々に捨てたが、ラジカセとテープは今も部屋の隅に置いたままだ。

それ以来、魔矢の「彼氏いない歴」はもうすぐ一年になる。新しい彼氏を作る気もなければ、そうしたくなるほどの男も現れない。

スナックでの魔矢の時給は二千円。一日八千円もらえるほかに、多少のチップ収入もある。その結果、月に約二〇万円余の収入になる。

和歌山県で兄一家と暮らす母親に月一二万円の仕送りをするのにも、アルバイトは欠かせない。

しかし、その日の晩は、魔矢は「替え玉観客」が気になって仕事に身が入らず、お客の注文を間違えて店主の可奈子に二度、叱《しか》られた。

アパートに帰った魔矢は、可奈子に叱られたことでムシャクシャしていたのだろう、「格闘ユニバ」のホームページに書き込みをした。

「江戸千夏よ、いい気になるな。年末の後楽園大会ではストリートファイトだ。服装自由、反則負けなし、時間無制限で戦おう。アタシが負けたらリングで土下座してやる。あんたが負けたら土下座しろ。アタシがあんたのど頭を踏み付けてやる」

4

その週の土曜日、十月二十六日。魔矢は北国女子プロレスの試合に出るため、一〇時一六分東京発の上越新幹線Ｍａｘとき３１７号に乗った。

この日、「格闘ユニバ」から北国の試合に出るのは鬼剣魔矢と江戸千夏、そして善玉若手の飛騨雪枝、美濃秋乃の四人。それにマネージャーの山手巡も付いて来る。魔矢は他の四人より三〇分早い列車だ。

魔矢は移動時間に小説を読むことが多い。ひたすら寝ている選手もいるが、魔矢にとっては貴重な読書の時間だ。特に好きなのはミステリーである。たくさん読んできたからか、最近は半分くらい読んだところで、真犯人がわかることも多い。もっとも、読むのは国内ミステリーばかりだ。翻訳ものは登場人物の名前がごちゃごちゃになってしまう。

北国女子プロレスの会場は燕《つばめ》市の体育館。魔矢の控室はリノリウム貼りの小区画である。今日のタッグパートナーはフリーのレスラーのムーサ大鐘《おおがね》。体重一〇〇キロを超える肥満体で、モヒカン刈り。鐘撞《かねつ》き棒を振り回す極悪だ。しかし、四〇歳をはるかに超えているので動きが鈍い。今夜はこいつがパートナーじゃあ、私がうんと動かないと……魔矢はそう思うと憂鬱《ゆううつ》だった。

半時間ほど経って、魔矢の控室に山手巡が現れた。

先日、「十二月にストリートファイトだ」などとホームページに勝手な書き込みをしたので怒りに来たのだろうと思っていたのだが、予想に反して上機嫌だった。

「魔矢、千夏にストリートファイトを挑むとはいい度胸だ。十二月末の後楽園で実現するよ。みんな期待してるぞ。やっぱりプロレスは過激なほうがいいからな」

「みんな」というのは、きっとあの支店長のことだろう。自分のお気に入りの魔矢が大試合に挑むので支店長の機嫌がよく、その分、融資を頼んでいる山手も機嫌がいいのだろう、と魔矢は思った。

午後七時過ぎ、セミファイナル試合で魔矢がリングに上がると、激しい野次が飛んだ。

「千夏への挑戦状、見たぞ、がんばれ！」

「千夏に勝てると思ってるのか。自己評価が甘すぎるぞ」

ここでもホームページを見ている熱心なファンがいるのだ。

魔矢は野次に応えるかのように、凶器のチェーンを掲げてみせた。

だが、そんな気分はすぐに吹き飛んだ。会場の壁際に、道場に来た二人の刑事の若いほう、長身の青年がいる。目立たないように壁際に隠れているつもりだろうが、リングからは丸見えだ。

なぜ刑事がわざわざ新潟県まで？　魔矢は訝《いぶか》った。

今夜の相手は「北国女子プロレス」の善玉コンビ、山県《やまがた》さくらと長岡桃子《ながおかももこ》。案の定、ムーサ大鐘は場外に落とされ、悪のシンボルの鐘撞き棒を奪われた。魔矢も奪った棒で殴《なぐ》られ、散々に痛めつけられて負けた。観客は大喜びだ。

頭を抱えて控室に戻ると、山手が早速やってきた。

「よかったぞ。来月はもっと大勢で来てくれって言われたぞ」

とニヤニヤしている。この男は、刑事にはどうやら気が付いていないらしい。

リングでは「北国女子プロレス」のスター、北園《きたぞの》ひかると江戸千夏のシングルマッチが始まっていたが、魔矢は着替えを済ますとすぐに会場を出た。

善玉レスラーはファンに見送られて会場を出るが、悪役は帰り道を見られたくない。観客が出る前に姿を消すのがよい。

魔矢は二百メートルほど歩いてタクシーに乗り、間もなくやって来た一九時四五分の新幹線に乗りこんだ。

列車はガラ空きだ。魔矢は車両の化粧室で、殴られた額を冷やした。

魔矢の後ろを通り過ぎる影が鏡に映った。長身のあの刑事だ。

「あいつ、アタシを見張っている」

魔矢は全身を強張らせた。席に戻って見ると、同じ車両のずっと後ろに、長身の刑事が座っている。

「どうして、新潟まで来たんですか？　私を疑っているんですか」

魔矢は思わず刑事のすぐ近くまで移動し、詰《つ》め寄った。

「とんでもない。捜査じゃありませんよ」

「じゃ、なんなんです」

「僕は鬼剣さんの大ファンなんですよ。鬼剣さんのデビューって僕が高校の頃で、試合も何度か見に行ったことがあります。強くて綺麗で、こんな人がいるんだなあって、大好きだったんですよ。刑事になってからはさすがに観戦する時間がなかったんですが、先日、そちらの道場に行ったときに鬼剣さんを見かけたら僕の中のファン気質に久しぶりに火がつきまして。それで、そちらのサイトで試合を調べたら、直近が今日だとわかって、新潟まで追いかけたというわけなんですよ」

ぺらぺらとしゃべる刑事の言うことを、どこまで信じればいいのだろう。

仕事柄、平気で嘘もつけるだろうし。

魔矢はいつの間にか眉間《みけん》にしわを寄せていたようだ。刑事はそんな魔矢の姿を見て苦笑すると、

「まあ、信じられないかもしれませんが、ファンだったのは本当なんですよ」

と言いながら、自分の携帯を取り出した。

「あ！」

待ち受け写真を見せられた魔矢は、思わず声を上げた。デビュー戦の自分の写真なのだ。

「ね。このくらい年季の入ったファンなんですよ。仕事がらみとはいえ、自分がおっかけをしていた魔矢さんとお会いして、その上しゃべれるなんて、感激だなあ」

「そ、そうなんですか……。ど、どうも」

思わぬ展開に、魔矢は気の利いたことも言えないまま、自席に戻った。

だが、東京駅についてみると、刑事の姿はなかった。上野《うえの》辺りで降りたのだろう。

魔矢はほっとして、出口に向かった。あんなに饒舌《じょうぜつ》な男の相手は、疲れてしまう。

魔矢が降りるのを待っていたかのように、最前列に座っていた二人の男も立ち上がった。一人は縁《ふち》無し眼鏡の中年男で、もう一人は格闘技の経験者らしい耳の潰《つぶ》れた大男だ。二メートル近くありそうだ。

なぜか、大男がニヤニヤしながら魔矢のほうを見ている。

魔矢は言葉にしづらい恐怖を感じながら、京浜東北線のホームを目指した。男たちは、いつの間にかどこかに消えたようだった。

5

翌日曜日、魔矢はすることがなかった。昼前に起きて冷蔵庫のピザとヨーグルトと青汁ジュースで朝昼兼用のご飯を済ませると、たまった洗濯をしてから、近くの公園に向かった。トレーニングをするためだ。

柔軟体操一〇分間の後、一〇キロを緩急を付けて走る。鉄棒で懸垂を三〇回ずつ三セットとシャドーボクシング三ラウンド。そして腹筋一〇〇回、背筋一〇〇回、スクワット五〇〇回。いつものトレーニング・メニューだ。これだけの量をこなすと、全身汗だくでかなり疲れる。トレーニングはなるべく人に見られないように、目立たぬ場所を選ぶ。

トレーニングの終盤、ふっと近くのベンチに目をやって、思わず息を呑《の》んだ。

昨日の夜、新幹線に乗っていた耳の潰れた大男が、トレパン姿でベンチに座っている。新聞を熱心に読んでいるようだが、本当に読んでいるかどうかはわからない。

薄気味悪くなった魔矢は、トレーニングを早々に切り上げると自宅に戻った。途中、何度も振り返ったが、大男はついてきていない。自宅にまで来るつもりはないのか、それとも、すでに知っているから尾行する必要がないのか。

魔矢は混乱した。

――昨夜、東京駅でいなくなったと思ったが、あのあと、私を尾行したんだ。

いや、二メートル近い大男が後ろをつけていたら、さすがに気づいたはずだから、尾行したのはもう一人のほう、縁無し眼鏡をかけていた男だろう。そして、そいつから私の自宅の場所を教えてもらった大男が、今日は私の周辺にいる。

別に危害を加えるつもりはなさそうだ。そのつもりなら、とっくにしかけているだろう。としたら、警告ということ？

誰がどんな目的で、あの二人に指示しているのだろう……？

何かが起こっている……と魔矢は感じた。

ひょっとしたら、あの銀行の人の変死と関係があるのではないか。

魔矢はそういう結論に達した。突然現れた不気味な二人。その出現の前とあとで何が違うかと言えば、銀行マンの死に思い至る。

そういえば……。

銀行マンが死んだ夜、私は試合をしていて場外乱闘で「あのお客」と目が合った。その瞬間、いつもの男とは違うと思ったが、そう思ったことに、替え玉の男も気づいたのだろう。そして、そのことを支店長に報告した。その結果、あの二人組が私の前に現れた。

もちろん、何の証拠もない。単なる魔矢の想像であり、人によっては「妄想」といって笑い飛ばすだろう。

だが、魔矢はどうも気になった。

そしてそう考えると、あの支店長のことをよく知りたいという気になった。

そして、預金をすれば銀行の中に入れることに気がついた。


翌月曜日、十月二十八日。魔矢は郵便局で預金をおろした。去年の暮れに中期国債を二〇〇万円も買ったので、預金は六五万三千円になっている。

魔矢はそこから六〇万円をおろして、武州銀行相模支店に向かった。新横浜駅からは、横浜線で三十分もかからない。大きな駅ビルがあるので、魔矢もときどき使っている。武州銀行にも見覚えがある。駅前左寄りにある。以前は「相模信用金庫」の看板が掛かっていたが、六年ほど前に「武州銀行」に変わった。

魔矢が到着したのは二時過ぎ。店内は混み合っていた。

魔矢は中央の窓口に、

「これ、預金したいんですけど……」

と、六〇万円の札束を出した。こんな大金を一度に預金するのは初めてだ。

「御新規様ですか」

『上野《うえの》』という名札を付けた窓口の女性は、魔矢の顔を見て、

「本人確認の書類はお持ちですか」

と尋ねた。ポニーテールが似合う美人だが、表情が硬い。受付をしているのに、笑顔になる

のに慣れていないのだろうか。

魔矢は国民健康保険証を出した。本名の「木崎麻耶《きさきまや》」だから、プロレスラーとは気づかれない。ちなみに、「鬼剣魔矢」というリングネームは、悪役になると決めたときに自分で考えてつけた名前だ。

魔矢は視線を走らせて支店長を探したが、カウンターの奥、行員たちが働いているスペースに、支店長席らしいものがない。

「ここの支店長って、どんな人ですか」

預金通帳が渡される時、魔矢は上野に尋ねてみた。

「支店長になにかご用事ですか」

上野は冷ややかにいった。

「特に用事はないけど、これから相談したい時にはと思って……」

魔矢がうろたえながらいうと、上野は面倒くさそうに、

「少額預金の方の相談は、そこの相談窓口で承《うけたまわ》っております」

とだけ答えた。言外に、「お客さん程度の金額じゃ、支店長自ら相談にのるはずがない」と言わんばかりの表情だった。

三時のチャイムが鳴り、シャッターが締まり出した。魔矢は得るものもなく銀行を出た。ちょうどその時、黒塗りのセンチュリーが支店の駐車場から出てきた。

運転しているのは三〇前後の美男子。後部座席には「いつもの人」、太縁眼鏡に長めの髪の中年男が黒っぽい背広で乗っていた。

「へえ、あんな凄いのに乗ってんだ」

魔矢は思わず口にした。

シャッターの外には「ＡＴＭルーム」がある。

そこで灰皿を掃除している女性がいた。年は五〇代半ば、背は一六〇センチぐらいありそうだが、瘦せ型で撫《な》で肩だから小柄に見える。頭には白い布を巻き、灰色の制服の胸には『神《かん》田《だ》』の名札がある。

「今、いったのが支店長？」と魔矢は尋ねた。

「そうよ。忙しいんだから支店長は。休日出勤だって多いのよ」

「じゃあ支店長さん、先週の日曜日も出勤していたの」

魔矢は上手に尋ねたつもりだったが、神田は、「あんたもそれを聞くんだね」と首を振った。

「湯山次長が変わった死に方したから、みんな警察に尋ねられたよ、あの日のことは。もっとも、私は土日はお休みだから全然わからないけどね」

これでは取り付く島もない。そこで魔矢は、

「あの支店長、女子プロレスのファンなのよね」

と言ってみた。

「そうだってねえ。私も今度のことで初めて知ったんだけど、偉い人にも女子プロレスのファ

ンっているのね」

神田は妙に感心したように言った。よく見ると、パッチリとした二重で鼻筋も綺麗、若い頃は美人だったに違いない。

そして、神田相手だとしゃべりやすいということに魔矢は気づいた。人のよさそうな笑顔でニコニコしながら答えてくれるので、話しかけやすいのだ。もっと親しくなれば、銀行のことを詳しく教えてくれるかもしれない。

そこで魔矢は、思い切って誘ってみた。

「実は私、その女子プロレスラーなんだけど、おばさんも見にこない？　次の土曜日、後楽園ホールに。『帝国プロレス』という男の団体だけど、私も出るのよ」

そう言いながら、招待券を差し出した。出場選手には二枚ずつ招待券が出るのが、この社会の慣例だ。

「あんたが女子プロレスラーねえ」

神田はそう呟《つぶや》いて、魔矢の全身を舐《な》めるように見た。顔だけではなく肩や胸、そしてジーパンをはいた下半身をジロジロと見ている。よほど珍しいのだろう。

「私がチケットを上げたこと、秘密だからね」

魔矢が念を押した。

6

この日、魔矢が道場に着いたのは午後四時。相模原からだったので、八王子まで横浜線に乗り、そこから立川まで中央線、さらに南武線乗り換えと、少し面倒で、一時間ほどかかった。その分、いつもより二時間も遅れたのに、山手は上機嫌だ。

「おお、魔矢。今来たのか。ちょうどいい。千夏とのストリートファイトは、十二月の後楽園のメインにする。だから次の「フォース」は前哨《ぜんしょう》戦だ。セミファイナルは日暮里子の復帰戦でムーサ大鐘と組んで江戸千夏、美濃秋乃の善玉組と対戦、お前はメインで飛騨雪枝とのシングルだ。せいぜい派手にやれよ。

——と言い残して出ていった。道場の前には白いベンツが迎えに来ている。

武州銀行との融資話が進んでいるのだろうか。


その晩、魔矢が川崎のスナックに着いたのは午後八時を過ぎていた。用意に手間取って、少し遅くなってしまった。

店主の可奈子は、

「魔矢ちゃん、遅いなぁ」

と不機嫌だ。客はカウンターに常連の二人連れとテーブル席で新聞を見ながら水割りを舐める髪の薄い男の三人だ。

魔矢がカウンターに入るのを待っていたように、テーブル席の男が帰った。一瞬だけ目が合ったが、魔矢はぎょっとした。新潟から付いて来た、縁無し眼鏡の男に似ているのだ。男が出た後のテーブルには、スポーツ新聞が置いてあった。

「鬼剣魔矢、千夏に無法の挑戦！」という見出しのページが開かれていた。

私を見張っているという警告に違いない。このお店のことも知られているのか。私が自宅を出たところから尾行して、このお店にたどり着いたんだな。

魔矢は怯《おび》えた。

大男にしても、縁無し眼鏡にしても、何も言ってこないことがかえって不気味だった。


その夜、アパートに帰った魔矢は、過去三回分の試合のＤＶＤを見た。選手に焦点を当てているので、観客のほうは一瞬ぼやけた顔が映るだけだ。

それでも、「あの人」らしい姿は、三回とも映りこんでいた。ダークスーツに今時珍しい太縁の眼鏡、額に掛かった長めの髪、いかにも真面目なサラリーマン風だ。

「スーツを着て眼鏡をかけてしまえば、替え玉になるのは簡単だぞ」

魔矢はそう考えた。


翌火曜日のお昼に、休場中の日暮里子から電話が掛かった。

今日は里子と横浜のジムに行くので、その待ち合わせについてだった。

里子は、五年前に千葉県の商業高校を卒業、「小柄な悪役鬼剣魔矢」に憧《あこが》れてプロレスラーを志願した若手だ。

格闘ユニバーシティの新人オーディションは年に一回。腹筋、背筋、腕立て、スクワットをやらせて、適性を判断する。以前に比べると、志願者は減少気味だ。

里子はデビュー四年目の今年の夏、右足首を捻挫してしまい現在は休場中だが、来月、復帰する予定だ。経理の知識があるので、練習はしなくても、入場券前売りなどの事務をしている。

魔矢は毎週火曜と金曜の二日、里子と横浜のジムに通っている。女子プロ好きのジムの店長が、魔矢と里子に月五千円の特別価格でジムとサウナを無制限に使わせてくれているのだ。応援してくれる人たちの好意がとてもありがたい。もっとも、平日の昼間なので、ジムはいつもガラ空きだ。

魔矢たちは駅前のファーストフード店で軽い食事をし、一時間ほど商店街をうろついてから、三時過ぎにジムに入った。

トレーニングのメニューは決まっている。ストレッチ、ランニング・マシーン、脚と腕のマシーン、サンドバッグ叩き、中でも大事なのは首の運動だ。

一〇キロのダンベルを首に吊るして、上下屈伸を一〇〇回。マットに頭を付けての逆立ち回転五〇回。この運動を三セット。鍛えている魔矢には簡単だが、三カ月休場している里子は、半分でフーフーと荒い息をしだした。

午後六時過ぎ、トレーニングの終わった二人は焼肉の夕食を食べた。二人で十人前ほど食べてしまったが、トレーニング直後だから致し方ない。もちろん、肉だけでなく、バランスを考えて野菜も大量に食べた。

食事をしながらの雑談は、魔矢にとってはちょうどいい息抜きだ。

「先輩、この頃の山手さん、異常ですよ」

「何が?」

里子の突然の発言に、魔矢は驚いて聞き返した。

「建設会社や電機会社の人を事務所に集めて、でっかい図面を描かせてるんです」

「知ってるよ、格闘カフェだろ。南多摩の駅前ビルに造る」

魔矢はそう返した。そして、格闘カフェの融資話が本格的に進んでいるんだな、と改めて思った。

7

次の日曜日は、十一月三日。文化の日である。

魔矢は後楽園の試合に出た。男子団体の「帝国プロレス」が主催する興行だが、魔矢は休憩前の試合に出場する。フリーのメキシカン女子レスラーのカルメン・ロメロと組んで、「北国女子プロレス」の長岡桃子と山県さくらと対戦するのだ。

控室に備えつけられたモニターで、CSテレビのアナウンサーが「鬼剣魔矢にとっては先週の新潟県での試合の復讐戦ですよね」などとしゃべっている。

だが、魔矢の関心は神田のおばさんだ。

チケットを渡したものの、本当に来てくれるだろうか。

リングに上がって招待券の指定席を見ると、そこに神田が座っているのが見えた。

「来てくれたんだ」

魔矢はほっとした。

試合のほうは魔矢とロメロが「北国女子プロレス」の若手コンビをいたぶって勝った。観客は結構沸いた。控室に引き上げた魔矢は、付人の日暮里子に、指定席の神田までメモを運ばせた。

「試合後に夕食を一緒に。黒潮屋《くろしお》で待ってます」

後楽園ホールのすぐ近く、水道橋《すいどうばし》駅のガードを潜《くぐ》ってすぐにある居酒屋だ。メモには念のため、店の電話番号を書いておいた。

二時間後、魔矢と神田は、黒潮屋の狭いテーブルに向かい合っていた。

テーブルには、刺身やから揚げが並んでいる。そして、二人はそれぞれビールジョッキを手にしている。

「魔矢さん、腰が丈夫なんだね、大きい相手を綺麗に後ろに投げれるんだから」

神田の批評は的を射ていた。

「そら鍛えてるからね」

魔矢はそう応えると、その後は神田の話を聞きだすことに集中した。

神田は魔矢に聞かれるままに、身の上話をした。

明子《あきこ》という名で五八歳、十六年前に相模信金の雇員《こいん》になった。六年前に相模信金は武州銀行に吸収されたが、ほとんどの職員はそのまま。清掃員も続けている。

「死んだ夫との間に一人娘がいるのよ。娘の仕事の都合で別居してるけど、月に一回はウチに来てくれる。なんでも相談してくれるよ」

自慢の娘らしい。

「そんなにいると、支店のことは詳しいでしょうね。支店長ってどんな人？」

魔矢は支店のほうに話を向けた。

「砂場支店長は去年一月から来たんだけど、凄い人だよ。相模信金と武州銀行の合併以来、支店長は武州銀行の本店から来るんだけど、支店の内部には立ち入らなかった。だからここ四、五年は死んだ湯山次長の天下だったのよ。

行員の採用も湯山さんの独断でね、上野みどりなんか、よその銀行を首になったのを採用して、すぐ融資の審査役にしたのよ」

神田は憎たらしそうに上野の名前を口にした。

先日、銀行の窓口で魔矢の相手をした行員だ。彼女にそんな過去があったのかと、魔矢は驚いた。

「けど、砂場支店長は大改革をやってね、上野みどりも四月からは窓口に出されたんだ。だから、みんな『相模支店の改革者』って言ってるわよ」

としゃべりまくった。

「支店長さん、どこにいくのでもスーツでしょ。撫で肩でお腹が出てるからポロシャツやジャケットは似合わないと思い込んでるのよ」

「へえ、随分こだわりがあるんだ」

魔矢が相槌を打つと、神田は得意気に身を反らした。

「そりゃそうだよ。ずーっとアートランスをかぶって、誰にも気づかれないくらいだもの」

「え、支店長はかつらなの」

「そうだよ、絶対に秘密だけど私だけ知ってるの。かつらの加減が悪くなると、『神田さん、女性トイレに清掃中の札を掛けて』と言って、女子トイレでかつらを直すのよ」

あの髪形がかつらなら、かつらを本人から借りることさえできれば誰でも真似ができる――

魔矢は、そういう結論に達した。

8

その週の土曜、十一月九日。この日は午後六時から、新宿「フォース」で「格闘ユニバーシティ」興行である。

鬼剣魔矢は早めに会場に入り、時々客席を覗《のぞ》いた。観客の入りは上々だが、「あの人」はまだ来ていない。魔矢は日暮里子に、

「西二列の四番の席は売れてる?」

と尋ねた。そこが、「あの人」の定位置なのだ。

「売れてます。ネット申し込みで取り置きになってます」

里子は机の上に置いてある客席の図面を見て答えた。その図面は、赤と青とピンクと黒の線で塗られている。ネットで購入された席、コンビニで購入された席、年間予約席、関係者席などが、それぞれ異なる色で色分けされているのだ。

里子は、今日が復帰第一戦である。セミファイナルでムーサ大鐘と組んで江戸千夏・美濃秋乃と対戦する。

そのあとのメイン・マッチは、若手の善玉・飛驒雪枝とベテラン悪役・鬼剣魔矢のシングル対決だ。年末の後楽園での千夏とのストリートファイトを盛り上げるには、今日の試合で千夏の妹分である飛驒雪枝を散々いたぶっておかねばならない。

江戸・美濃組対大鐘・日暮組のタッグマッチは呆気《あっけ》なく終わった。大鐘は鐘撞き棒を振り回すだけで動きが鈍いし、日暮も三カ月間試合から遠ざかっていたので実戦勘が戻っていない。試合時間は一〇分そこそこ、悪役組の惨敗だ。

控室のモニターで見ていた魔矢は、「これは私ががんばらなくっちゃ」と思った。

来月の後楽園ホールに客を呼ぶためには、魔矢の悪役ぶりを強調しておかなければならない。

「あんたら、私が雪枝をいたぶったら出て来な。三人で雪枝を目茶苦茶やっつけて、千夏を引っ張り出すんだ」

魔矢は、控室に引きあげて来た大鐘と里子の二人にそう言い残して、リングに出た。

魔矢がリングに上がった時、会場はほぼ満員。いつもの席に「支店長」も来ていた。そして、その横に縁無し眼鏡を掛けた髪の薄い中年男が座っている。

「あいつ、大男とコンビを組んでいる奴だ」

新幹線の車中で初めて見掛け、その後、川崎のスナックに現れた男だ。魔矢は驚くとともに、大男と中年男の二人組は、やはり支店長の指示で私の周辺をうろついているんだ、と確信した。

場内を見回した魔矢は、さらに驚いた。壁際の窪《くぼ》みに、新幹線でしゃべった若い刑事が立っているのだ。

「あの刑事さんも、リングに立ったことがないらしい。そっちは隠れてるつもりでも、こっちからは丸見えなんだよ」

魔矢はそう教えてやりたい気がして、ちょっと誇らしかった。

それにしても……。あの刑事さんは捜査のために来ているのだろうか、それともファンだという私の試合を見に来てくれたのだろうか。気になったが、あれこれ考えている暇はない。すぐに試合が始まった。

試合は、開始早々魔矢のチェーン攻撃で雪枝がダウンしたことで、観客が一気に盛り上がった。

さらに魔矢は雪枝を場外に蹴落とし、背広姿の支店長のいる客席近くに投げ込んだ。

支店長は素早く立ち上がり、五メートルほど退いた。

「やっぱりこの前の客は別人だ」と魔矢は思った。一方、隣りの席の縁無し眼鏡の男は、体を硬くして座ったまま、膝の鞄を押さえている。前回の「あの人」と同じ姿だ。

「あ、こいつが前回の客では……」ふと魔矢はそんなことを感じた。服も眼鏡も髪形も違うが、体の動きと目の驚き方が似ている。

縁無し眼鏡の男に気を取られていたため、一瞬、魔矢の視線が雪枝からずれた。

その時、背後から強烈な椅子攻撃を受けた。魔矢の暴行にたまりかねたという感じで、江戸千夏が飛び出して来たのだ。

魔矢の視野が真っ白になり、一瞬だが、意識が遠のいた。気づいた時には、額《ひたい》から血が吹き出し床に崩《くず》れ落ちていた。立ち上がろうとしたが、なかなか立てない。それを支店長が三メートルほど離れた位置から、心配そうに見下ろしていた。

それなのに、ムーサと日暮の悪役コンビはまだ出て来ない。来たのは江戸と美濃の善玉コンビだ。

悪玉三人で若手の善玉・飛騨雪枝を散々にいたぶって江戸千夏を引き出す、という魔矢の筋書きは逆になった。

魔矢は大柄な善玉三人に散々にやられたが、観客は大喜び。血を額から垂らした魔矢が殴られ投げられ蹴飛ばされると、大歓声が上がる。その度に魔矢は、「今だけ喜んでろ。やり返した時にちゃんと見てろよ」と腹の中で叫んでいた。

ムーサ大鐘と日暮里子が出て来たのは、江戸と美濃の善玉コンビが登場してから三分ほど後だった。ムーサが鐘撞き棒で千夏をリング下に押し倒し、日暮が美濃をコーナーに押しつける。その間にリングに上がった魔矢はチェーンを巻いた裏拳を飛騨雪枝の顔面にヒットさせて、フォールを奪った。

過程は大違いだが、結果は予定通りだった。

9

翌日十一月十日。一週間ぶりの日曜を、魔矢はボケッとして過ごした。

昨夜は多少熱が出たが、朝には下がっていた。額の傷は少々疼《うず》くが、それぐらいは慣れている。魔矢は一人で消毒薬を塗ってテーピングを換えた。試合の傷は健康保険の対象にならない。

昼飯はコンビニ弁当で済まし、午後はテレビや雑誌を見て過ごした。額にテーピングした顔は誰にも見せたくない。

この日、魔矢はずっと考え続けていた。

「前回の背広姿は、やはりいつもの『支店長』でなかった。では、誰が、何のために、そんなことをしたのか。湯山という次長の変死と関係あるのか……」

次第に、魔矢は恐ろしくなった。

翌十一日の午後、魔矢は道場に出た。フォース大会の直後で道場の雰囲気はだれていたが、マネージャー兼リングアナウンサーの山手だけは違っている。

魔矢の姿を見かけるや否《いな》や、駆け寄ってきて、興奮気味に話しかけた。

「魔矢、あの支店長さんはやっぱりお前のファンだ。今朝銀行にいったら、『鬼剣魔矢はだいぶやられたみたいだけど大丈夫ですか』と言って、見舞いにこれをくれたよ」

そして、五キロのお米券二枚を見せた。

道場を週に二日借りる礼に、「帝国プロレス」には毎週お米五キロを差し入れている。寮で練習生を五、六人養っている「帝国プロレス」にとって、お米は必需品なのだ。

それを山手が支店長に話したから、こんな風変わりな見舞いが来たのだろう。山手は、相当に支店長と親しくなっているらしい。ファンからの差し入れは、普通はお菓子ということが多いのだが。

「それは嬉しいなあ。でも、先月の観客はあの支店長じゃなかったよ」

と魔矢は言ってみた。

「馬鹿げたことを言うな。あの時は千夏にやられていたから、目がかすんでいたんだろ。千夏は間違いないと言っているし、刑事さんも納得してるんだ」

山手はむきになった。その激しさが、かえって不自然に思えた。

約一時間、魔矢は柔軟体操だけで鍛練をやめて着替えをした。流血試合の翌日だけに、それほどハードな練習をするつもりはなかった。

その時、道場の前に白いベンツが止まった。

山手が大急ぎで、ベンツの前に走った。そして、車から出て来た初老の男に、ペコペコと頭を下げている。一分ほど立ち話をした後、二人はベンツに乗り込んだ。初老の男は、山手を迎えに来たらしい。

「あれ、誰？」

車が山手を乗せて去った後で、事務の仕事をしていた里子に魔矢が尋ねた。

「大九《だいく》組の大崎九郎《おおさきくろう》会長ですよ。山手さんが『格闘技カフェ』の設計や見積を頼んでる会社です」

「へえ、そうなんだ。ま、私には関係ないけどね」

「何言ってるんですか。来月の魔矢さんと千夏さんの試合に、『大九杯』を出してくれるそうですよ」

千夏との試合が話題になっていることを、魔矢は改めて感じた。練習を早めに終わらせた魔矢だったが、まだ帰れない。プロレス雑誌「格闘新世界」の取材があるのだ。

ほどなく、記者が道場にやって来た。写真撮影も記者がするので、取材は魔矢と記者の二人だけである。

年末のストリートファイトに向けて、さまざまなメディアを使って盛り上げなくてはいけない。

「十二月の後楽園では、絶対に勝って江戸千夏に土下座させるよ。千夏ファンの悲鳴が楽しみだな」

魔矢はそんなことをしゃべった。「格闘新世界」の記者は、魔矢のテーピングした額の写真を撮って帰っていった。

10

午後五時に道場を出た魔矢は、スナック「可奈子」に携帯で電話をした。

「今日は休む。額にテーピングした顔を見せたくないの」

「そりゃそうよ。ゆっくりね」

ママの可奈子はすぐ承知した。彼女も元女子レスラーなので、こんな時は話が早い。それに、十一月中旬はスナックも暇な時期だ。

しかし、一日中一人でいるのもつまらない。

魔矢はバスで相模原駅にでると、武州銀行相模支店の裏口を覗いてみた。

清掃員の神田は、ちょうどATMルームの掃除を終えて休憩中だった。支店長のことをもっと知りたいと思った魔矢は、神田を夕食に誘ってみた。

「そりゃありがたいね。私も一人で食事するのはいやだからね。今夜は、娘も大事な用事があるって言ってたし」

と応じた。

「娘さんの大事な用事って何？」

魔矢がそう尋ねると、神田は、

「恋人がいるのよ、もう二二だから。たまには親子水入らずで晩ご飯を食べようと言っても、なかなか来てくれないんだから」

と顔をしかめてみせたが、内心は嬉しそうだ。

二人は駅前の居酒屋に入って、ビールと焼鳥を注文した。

魔矢も酒飲みだが、神田もいけるほうのようだ。

若い頃、魔矢は一晩で焼酎を三本飲んだこともある。さすがに最近は酒量が落ちているが、それでも焼酎一本くらいならひとりで空にできる。

中ジョッキが三杯目になる頃、魔矢は水を向けてみた。

「次長さんが死んだあの日、プロレスを見に来ていたのは、本当に支店長さんだったのかなあ」

　すると神田が、

「実は、私も秘密を知ってるんだよ」

　と言い出した。

「湯山次長が死んだあの日、湯山次長は支店に出てたんではないかと思うのよ」

「ん？　どういうこと？」

「月曜日に、奥の会議室に掃除に入った時、強いタバコの臭いが残ってたのよ。普段は喫煙室以外は禁煙だからそんなことはないんだけど、ヘビースモーカーの湯山次長だけは会議室でタバコを吸っていたのよ」

「そうなの？」

「そう。湯山次長は今の支店長が来るまではあの支店で一番の権力者だったし、会議室での喫煙も黙認されてたのよ。つまり、日曜に会議室で湯山次長がタバコを吸いながら仕事をしたから、タバコの臭いが月曜まで残っていた。きっと、そうじゃないかと思うのよね」

「へえ、なるほど。おばさん、それ警察に言った？」

　神田は首を振った。

「尋ねられもしなかったし、確かでもないから」

　魔矢と同じ心理らしい。

「私、支店の人たちのことをもっと知りたいなあ。誰か、話してくれる人を紹介してくれない？」

「そりゃ難しいよ。湯山次長が変な死に方をしたので、いま、箝口令《かんこうれい》が敷かれているんだよ」

神田は魔矢の言葉をすぐ否定したが、しばらく考えてから、

「ひょっとしたら」

と呟いた。

「運転手の田畑《たばた》君ね。大京《だいきょう》サービスからの派遣だけど、支店長車を運転しているから、支店長の動きは大抵知ってるはずよ。時々は湯山次長も乗せてたし」

それはいい、と魔矢は思った。

「神田さん、その人、紹介して」

「そんなことを言われてもねえ……。まあ、様子を見て頼んでみるよ」

「ありがとう。神田さん、さ、どんどん飲んで」


翌火曜日、魔矢はすることが無かった。額の傷があるのでトレーニングもほどほど、スナックに出ることもない。

思い立って、武州銀行に行くことにした。

まず、郵便局に行って預金を五万円おろし、武州銀行相模支店に向かった。

前回と同じ「上野」の窓口にそのお金を差し出すと、上野は面倒臭そうな顔をして、

「お客さん、次からATMをお使いになるほうが便利ですよ」

と言う。五万円程度の預金など面倒なのだ。

それでも、ものの数分で入金してくれた。

魔矢は通帳を手にしたまま裏口に回り、「雇員控室」を覗いた。

ちょうど昼食後の掃除の時間のようで、神田は不在。かなりの長身で、目鼻立ちのはっきりした青年が一人で漫画雑誌を見ていた。運転手らしい制服を着ている。どうやら彼が、神田が言っていた運転手の田畑のようだ。

神田から紹介してもらおうと思っていたが、ここで話しかけるほうが話が早い。

魔矢はそう考え、控室の中に入った。

「私、女子プロレスラーなんだけど、一度見にこない」

魔矢はそう言って、今週土曜日の鶯谷《うぐいすだに》ムービーホールでの試合のチケットを出した。まるでナンパだ。

「へえ、君がレスラーね」

田畑は馴《な》れ馴れしい口調で答えると、魔矢の全身を舐めるように見てから、

「どうせなら、もう一枚くれよ。一緒に行きたい人がいるんだ」

と言った。女性から奢《おご》られるのに慣れているらしい。

「いいよ。その代わり、気に入ったら次からはチケット買ってよ」

魔矢はそう言って、もう一枚を与えた。田畑が誰と来るかが楽しみだった。

11

水曜日、魔矢は早めにスナックに出た。二日間休んだので気が引けたが、ママの可奈子は「もうテーピングはしなくていいのね」と言いながら、魔矢の傷跡を点検した。可奈子も元プロレスラーだから、少々の傷には驚かない。

カウンターの端でパソコンをいじっていたバーテンの真人は、

「麻耶さん、凄いね。インターネットが大賑《にぎ》わいだよ」

と言ってパソコンのモニター画面を魔矢に見せた。

「格闘ユニバ」のホームページに、ファンの書き込みが六十近くも入っている。

魔矢は思わず、そのすべてに目を通した。

半分はただの感想や期待。残りの半分は、善玉の江戸千夏への応援。「次の後楽園では鬼剣魔矢を徹底的にやっつけてほしい」といった類《たぐい》だ。魔矢への罵倒《ばとう》や怒りも、五、六通あった。「後楽園ではただでは済まんぞ、覚悟しておけ」などだ。

それでも、二通だけは魔矢贔屓《びいき》の書き込みがあった。

ひとつは「世界が敵でもボクは魔矢さんを支持する」というハンドルネーム「鉄人」からのもの。試合の前に、毎回書き込んでくれる人だ。「たぶん、気弱な専門学校の生徒だろう」と魔矢は想像している。

もうひとつは、「鬼剣魔矢よ頑張れ。世間は偽善だ、君こそ本物だよ」というハンドルネーム「魔矢支援機構」からのものだ。

魔矢は「支援機構」の文章や筆名から、その正体は中年男性だろうと推理していた。

「真人君、これ書き込んだの誰かわかる?」と尋ねた。

「書き込んだ人まではわからないけど、入力ルートぐらいならわかるよ」

と応えた。真人はコンピュータオタクで、昼間は零細ソフトメーカーに勤めている。そんな真人が帰りがけに教えてくれた。

「ニフツウ・サーバーから入っている。個人のパソコンみたいだよ、先刻の書き込み」

翌木曜日、道場に出た魔矢は、日暮里子にここ数回の西二列四番の入場券の売れ方を調べさせた。「あの人」の定位置だ。

里子は、山手が使っているデスクの引出しから座席図を引っ張り出した。毎回の入場券の売れ行きを記した図だ。赤、青、黒、黄で塗り分けられている。赤は試合日の「次回前売り」で売れた入場券の席。青はチケットぴあなどに委託販売したもの。黒はそれ以外のルートで前売りされたもので、黄のマジックで塗ったのは試合当日、窓口で売れたものだ。最近「格闘ユニバ」は人気上昇中、販売数は増えている。魔矢と千夏の抗争が話題になっているのだ。

魔矢は西二列四番の席を追った。前回は黒で塗られている。隣りの席と二席続きで、ネットで申し込まれている。しかし、前々回は赤だ。その前の試合の時に観客が買ったのだ。その前も、その前も赤印。

あの支店長は毎回、次の試合の入場券を買って帰っていたんだな。だが、あの日は替え玉の男だからそのことを知らず、買わずに帰った。だから、あとからネットで申し込んだのだ。

――魔矢は納得した。

「このチケットを申し込んだの、どこのコンピュータからかわかるかな」

魔矢は里子に尋ねたが、里子は首を振るだけだった。

その日、スナックに出た魔矢はバーテンの真人に「入場券を申し込んだコンピュータを調べてほしい」と頼んだが、「受信の端末でないとわからない」という返事だった。

じゃあ、道場のパソコンを見てもらうしかないな、と魔矢は思った。


翌金曜日の昼、魔矢は真人を連れて道場に行った。金曜日の午後は道場の清掃日で、「帝国プロレス」の練習生がリングも床も運動器具も拭《ふ》き掃除をする。「格闘ユニバーシティ」のメンバーは誰も来ていない。

魔矢は忘れ物を取りに来たような顔で真人と道場に入った。

そのまま何気ない表情で事務所に入る。幸い、練習生は掃除に集中しているので、魔矢たちの行動に気を取られている人はいないようだ。

魔矢は真人に、事務用デスクトップを調べてもらった。

インターネットを見たりネットで買い物をしたり、といった程度のことしかできない魔矢には、真人がどんな作業をしているのか全く見当もつかなかったが、真人はパソコンに集中し、ひたすらキーボードを叩いていた。

一〇分ほど経っただろうか、真人が顔を上げた。

「西二列四番の席を申し込んだコンピュータは、ニフツウ・サーブを経由しているね。昨日調べた『支持機構』の書き込みも、ニフツウ・サーバーだったよね、同じ人なのかな」

魔矢は、どちらもあの支店長に違いないと確信した。

来た時と同じように、さりげなく道場を出た。


真人と一緒に南多摩駅前に出たが、魔矢は「あれ?」と思った。

山手が「格闘カフェ」を造ると言っているビルだが、その工事現場を囲うシートが、「マトモ建設」から「大九組」に替わっている。

業者が替わった? こんなこと、あるんだ……。

魔矢が見上げていると、突然、

「魔矢、金曜日にこんなとこでなにしてんだ」

という声がした。びっくりして振り返ると、眉間にしわを刻んだ山手巡がいた。

「ちょっと道場に忘れ物をしてたんで」

と魔矢は答えたが、ハンドバッグしか持っていない。そんな魔矢を山手はじっと見てから、今度は脇の真人を睨《にら》み付けた。

「鬼剣にこんなボーイフレンドができたとはなあ」

皮肉たっぷりに言い残すと、山手は白塗りのベンツに乗り込んだ。

魔矢は、銀行次長の死以降、自分たちが何か大きな事件に巻き込まれているような気がした。山手もそれに係わっているのではないだろうか……。

12

この週末、魔矢は忙しい。土曜日（十一月十六日）には鶯谷ムービーホールで「権藤道場《ごんどう》」の試合が、日曜日には新潟に移動して「北国女子プロレス」の試合がある。二日連続である。

土曜日の試合が始まる直前に、魔矢は花道からそっと客席を覗いてみた。

運転手の田畑に渡した北側の招待席は二つ空いたままだ。

だが、三試合目に魔矢が花道に出た時には、その席には運転手の田畑と並んで、窓口の上野みどりがいた。

「田畑君、なかなかやるじゃないか」

と魔矢は思った。

試合は、メイン・イベント前の男女混合の試合。男女ペアの試合は、魔矢が所属している格闘ユニバーシティではめったにないが、権藤道場ではしょっちゅう行なっている。

権藤道場社長でもある「おやじド権藤」こと権藤健太《けんた》が、実の娘で「女子大生レスラー」で売り出している「むすめド権藤」こと権藤小百合《さゆり》と組んで、覆面レスラーのチョロメ金太、鬼剣魔矢の悪役組と闘うというものだ。

真剣なプロレスを目指して修行して来た鬼剣魔矢には、あまり出たくない興行だが、断れない事情がある。

権藤健太、すなわち権藤道場社長夫人の真紀《まき》は、かつてマッキー斉藤《さいとう》の名で売った大人気プロレスラーだ。三〇代後半に、当時人気レスラーだった権藤健太と結婚して二児を産んだが、その間もプロレスは続けた。

当時は日本唯一の女子プロレス団体だった「オール日本女子プロレス」の社長の松山隆司《まつやまたかし》が、マッキー斉藤の人気を惜しんでやめさせなかった、といわれている。

魔矢がプロレスラーになる前のことだが、権藤真紀は、今も女子プロレス界には相当な影響力がある。魔矢たちの「格闘ユニバーシティ」の花形選手である江戸千夏も、「オール日本女子の最後の大型新人」としてデビューしている。そんな真紀に頼まれたら、出ないわけにはいかない。

試合は、覆面レスラーのチョロメ金太が権藤小百合に張り倒されて負けた。その不甲斐《ふがい》なさに魔矢が怒って、チョロメの肥満体を投げ飛ばした。

魔矢は試合を終えると、田畑と上野を食事に誘った。

「魔矢さんって凄いね。あんなに殴ったり投げたりされて痛くないの」

田畑と上野は繰り返し尋ねた。プロレスを初めて見る者は、必ずその質問をする。

「そら痛いよ、人間だもの」

魔矢はそういって笑った。一通りプロレス談義が終わると、魔矢は話題を銀行のことに移した。まずは砂場支店長のことだ。

上野みどりは、「砂場さんは四三歳で慶応大学卒、武州銀行ではエリートで相模支店の改革に辣腕《らつわん》を振るっている」と、神田に聞いたのと同じことを返した。

しかし、酔うほどに、上野の言葉は荒っぽくなってきた。

「湯山さんは相模信金の生え抜きで五六歳。もう七、八年も次長を務めて、人事も営業も巧《うま》くやってたのよ。それが去年の一月、砂場支店長が来て陣頭指揮をとりだしたから大変よ。湯山さんが大切に育てていた企業を次々と切っちゃって大騒動なのよ。

私も湯山さんに貸付審査主任にするといわれて大手銀行から来たのに、今年の四月からは急に窓口に飛ばされたのよ。砂場支店長の命令で」

上野は息を弾ませて罵《ののし》った。それに田畑も続いた。

「砂場さんは取引先も容赦ないよ。特に『マトモ建設』には酷《ひど》い。あと四カ月で駅前ビルが完成するというのに、融資を切っちゃったんだから。

『マトモ』の社長、俺の運転してる車に体当たりして、直訴までやったんだぜ」

「じゃあ、駅前のビル建設が『マトモ建設』から『大九組』に替わったのもそのせいだね」

「そりゃそうよ」

上野は勢い込んで頷《うなず》いたが、その後、急に黙り込んだ。まずいことに触れたらしい。

13

翌日曜日、魔矢は新潟の「北国女子」の試合に出た。今回の試合会場は新潟市。「北国女子」としては大型大会だ。

魔矢は例によってひとり旅。この日は日暮里子とのタッグだ。北国女子のＡｋｉｋｏ・中川よしえ組との試合である。

魔矢の出た第三試合は、七時二〇分頃に終わった。その後、里子と差し入れ弁当を控え室で食べた。

江戸千夏が出場しているファイナルが終わるとリングに飛び出してマイクを摑み、

「千夏、来月の後楽園では覚悟しておけ」

と叫んだ。

千夏と摑み合いになり、他の選手が分けに入った。観客は予想通り、沸いた。

この日、魔矢の帰りは、千夏らよりも後の二一時二〇分の列車になった。

列車には、あの若い刑事が乗っていた。魔矢を見張っているのだろうか。耐えかねた魔矢は、刑事に話しかけた。

「今日は何なんですか？　私を見張っているんですか？」

「違いますよ。この前言ったじゃないですか、時間が許す限り、魔矢さんを追っかけてるんですよ」

この前も私のファンと言っていたが、本当だろうか？

魔矢は、試してみることにした。

「私、どうも気になっていることがあるんですけど、教えてくれます？」

「え！　何ですか。捜査上の情報は、本当はしゃべっちゃいけないんですが、魔矢さんの頼みだったら仕方ありません。ギリギリの線まで、お教えしますよ」

若い刑事の顔が急に明るくなった。

「湯山次長は変死とだけ新聞に出ていたけど、どんな死に方だったんですか」

「あ、そういうことですか。それだったら特に問題ありませんよ、記者さんたちにはしゃべってますからね。

多摩原遊園地の第二駐車場にあるトイレで倒れて、後頭部をコンクリートの床に強打したんですよ」

「転んだぐらいで死ぬのかな」

魔矢が首を傾げると、

「ちょうど頭をぶつけたところが階段の角になってましてね。害者の傷も階段の角と一致しています。かわいそうに、ちょうど小便中だったみたいです。他には外傷もないし格闘のあともない。死因はそれしか考えられません。

可能性として考えられるのは、酔っていたために足が滑って頭を強打。つまり事故死。あるいは、何者かが後ろに倒したために頭を強打して死亡。この場合は殺人、ということですね」

と教えてくれた。

「ちなみに、死亡推定時刻は午後九時です。その日のプロレスの全試合が終わったのは八時五〇分だそうですね。新宿からでは行けない時刻です。新宿から多摩原遊園地の最寄り駅である稲城駅まで、京王線で約三〇分。さらに駅から歩きますからね」

若い刑事は問わず語りにそこまで言った。砂場支店長にはアリバイがある、と言いたいのだろうか。

しかし、魔矢はあの日のあの観客は替え玉だと確信している。このことを言うべきかどうか悩んだが、素人《しろうと》の自分が捜査に口を挟んでいいのだろうか、逆に面倒なことになるのではないかと逡巡《しゅんじゅん》し、結局口にはしなかった。

その日、魔矢がアパートに帰り着いたのは〇時に近かった。

自宅アパートの前の道に黒塗りのベンツが止まっていた。中に人がいる気配はなかったが、魔矢がアパートに入ろうとすると、突然ヘッドライトが点《つ》き、猛烈なスピードで走ってきた。魔矢は危うくアパートの玄関に飛び込んだ。ベンツはそのまま、走り去った。単なる脅《おど》しで、自分をひき殺すつもりはなかったようだ。

「これは警告だ……」

プロレス観戦に来ていた支店長は替え玉。そのことを知っている私に、支店長が無言の圧力をかけているのだろう。鬼剣魔矢は恐ろしくなったが、同時に、「向こうがその気なら、こっちもやってやろうじゃないか」と急に闘志が湧いてきた。頭の中で、スイッチが入った気がした。

2章 銀行の人間模様

1

あの日（十月二十日の日曜日）、あの席に座っていた観客は砂場支店長の替え玉。砂場支店長が眼鏡やカツラを用意して替え玉を仕立てた。替え玉になったのは、たぶん縁無し眼鏡のあの中年男。

一方、湯山次長はただ一人支店に出てきて、タバコを吸いながら会議室で何事かをしていた。他人に知られたくない仕事があったのだろう。

そして、その日の午後九時頃に、新宿から一時間以上かかる多摩原遊園地の第二駐車場のトイレで「足を滑らせ倒れて」死んだ。

その後、武州銀行は山手の格闘カフェの融資に乗り気になり、駅前ビルの工事がマトモ建設から大九組に代わった。

これら全部はひとつに繋《つな》がっているのではないか。

そしてその鍵を握っているのは、あの日の替え玉観戦を証言できる自分だとしたら。

だから大男に付けられて、深入りしないように無言の圧力をかけられ、さらに車で警告されたのだ……。

その夜、魔矢はそんなことを考えた。

悶々《もんもん》としてなかなか眠れなくなった魔矢は、明日は早起きをして、そもそもの発端となった多摩原遊園地の駐車場を見に行こう、と思った。

だが、二日続きの試合で疲れていたのか、いつの間にか眠り、すっかり寝過ごしてしまった。目を覚ましたのは正午。慌てて冷蔵庫の残り物で食事を済ませて、道場に出た。

すると、山手がすぐに飛んできて、

「明日の晩、武州銀行相模支店の開設六周年のパーティがあるんだが、支店長が魔矢にも出てほしいそうなんだ。融資先の大事なスター選手だからな」

と言った。

「駄目だよ、ウィークデーの晩はバイトがあるんだから。知ってるでしょ」

魔矢は抵抗したが、山手は強引だった。

「本店の専務も来る大事なパーティだから、支店長もご執心なんだ。頼むよ。これでいい印象を与えて、融資の条件を少しでもよくしたいじゃないか。なんだったら、バイト先のお店には俺から電話しておくから」

とまくし立て、さらに、

「女らしく、スカートとハイヒールだぞ」

と言う。

どうやらパーティへの参加は断ることができそうにないが、スカートとハイヒール？

「ハイヒールなんて持ってないよ」

魔矢が慌てて反論すると、山手は一万円札を出して、

「これで買え」

と言った。ドケチの山手がそこまでするのはよほどのことだ。

どうやら、本店専務に「格闘カフェ」への融資のことを直接詳しく説明したいらしい。それにしても、支店長は何故私を招待したいのだろう……。

魔矢はそのことが気になった。単に、私のファンだから？　いや、ひょっとすると替え玉の件をどの程度理解しているか、確認したいのかも。いやいや、いきなり替え玉のことは聞けないだろうから、私がどんな様子か見たいだけかも。魔矢はあれこれと考えた。そして、どうせならこっちも支店長を観察してやる、と思った。


その日、早めに道場を出た鬼剣魔矢は、服装選びを急いだ。

五六〇〇円の特売で黒いハイヒールを買い、お釣りで赤いワンピースを買った。低価格のわりに品質のいいことで有名なブランドである。女らしい買物をするのは久しぶりだ。

午後七時、買ったばかりのワンピースとハイヒールでスナックに出ると、真人が、

「魔矢ちゃん、今日はどうしたの。結婚式にでも出てきたの」

と冷やかした。可奈子ママも、

「似合ってるじゃないか。馬子にも衣装だね」

とからかった。

常連客である電気工事会社の社員三人組も、

「麻耶ちゃんの脚線美を見るの、はじめてだ。太股はしっかりしてるけど、膝《ひざ》から下は細いんだな」

と感心した。走り込んでいると、そんな体型になるのだ。

翌火曜日十一月十九日の午後五時、武州銀行相模支店の入り口に到着した。

山手巡が、駐車場で待っていた。その脇には江戸千夏もいる。黒っぽい胸の開いたスーツに折り目の通ったズボン、一七二センチ・七七キロの巨体を小さく見せる工夫を凝《こ》らしてきたらしい。

「魔矢はそこの通用口から上がって、奥の小会議室で待っててくれ。もうすぐ専務が来るらしいから、俺は専務に挨拶《あいさつ》してから行く。千夏は俺と一緒でいい」

山手はやはり、どうしても専務としゃべりたいらしい。

魔矢は山手の指示通り、通用口に回った。そこには制服姿の神田のおばさんがいて、魔矢を二階の小会議室に案内してくれた。

魔矢の他には、余興に出るらしい地元小学校の「太鼓連」の子供と、その父母二〇人ほどがいる。魔矢は初めて見る金融機関の内部を興味深く見回した。

会議室の向こうには「融資係」の札が掛かり、「御相談室」が並んでいる。一階の一般預金の窓口とは違ってどっしりした構えだ。

パーティ会場は、三階の大会議室だった。

奥行き二〇メートル、左右一五メートルほどのがらんとした部屋での、立食だ。

支店の総務課長の司会で、砂場支店長と土田《つちだ》本店専務の挨拶があり、続いて、新次長である石野新五《いしのしんご》が司会によって紹介された。

お取引様代表の飲食店チェーン「八戒《はっかい》」のオーナーが乾杯の音頭を取った。

その後は歓談タイムということで人々が散り、専務と支店長のところへ、挨拶に行く列が続く。山手と千夏もその列に並んだ。二人の前に立っているのは「大九」組の社長。どうやら彼が、二人を引き連れて挨拶するらしい。

魔矢は出口に近い壁際にいた。

そのうちに、魔矢は奇妙なことに気が付いた。親しげに振る舞う人々が多い中で、魔矢の周辺の黒服の一群だけはひどく暗くて、敵意さえ感じる表情で立っている。気味悪く感じた魔矢は、壁沿いににじりながら位置を変えた。

突然、山手が、

「魔矢、専務と支店長に挨拶しろよ」

と呼びに来た。

山手は、

「こいつが一番の悪でして」

と専務と支店長に魔矢を紹介した。

「へえ、この子がプロレスラー？　とてもそうは見えないがね、小柄で美人で」

専務がにこにこしながら、山手に言った。

支店長の後ろには、前回の「フォース」の試合の時に支店長と並んで座っていた縁無し眼鏡の中年男も控えている。

「この二人、背格好は同じだ。替え玉になりやすいに違いない」

魔矢はそんなことを確認していた。

2

「木崎さん。この間はありがとう」

魔矢は後ろからそんな声を掛けられて、ギョッとした。本名で呼ばれるのは珍しい。振り返ると、窓口主任の上野みどりだ。帰り出したお客を見送るでもなく、片隅に突っ立っている。不満と疲労の表情をしている。遅くまで働かされていることが不満なのだろう。ひょっとすると、サービス残業で手当がつかないのかもしれない。

「プロレス、面白かったら、また誘うよ」

「あ、ありがとう。お願いするね」

「わかった。連絡するよ。ところでさ、あれ誰？」

魔矢は縁無し眼鏡の中年男を目で指して尋ねた。

「ああ、不動産屋の灰塚信三《はいづかしんぞう》さんよ」

「じゃ、あっちの黒服の連中は」

「街金の連中よ」

上野は口を耳元に近づけて呟いた。

「へえ、街金……」

魔矢は業界用語を解し兼ねて、生返事をした。もっと詳しく説明してもらわないとわからない……。とっさに魔矢は、上野を食事に誘うことにした。

「このあと、一緒に食事しない？　どうせ、そんなに食べてないんでしょ」

「いいわよ。私も暇だから」

上野は魔矢の提案にすぐに乗った。

魔矢が引きあげることを山手はいやがるかと思ったが、あっさりと了承した。きっと、支店長や専務との話がうまくいったのだろう。


一時間後、二人は渋谷のイタリアン・レストランに入った。

この前、田畑と三人で行った店よりも、二ランクは上の店だ。

「灰塚さんって、どんな人？」

上野のワインが二杯空になったところで、魔矢は尋ねた。

「支店長の昔からの友人らしいわよ。まあ、汚れ役をしてくれるということでしょうね」

上野はそっけなく答えた。

「じゃあ、街金ていうのは？」

「闇金融業者よ。最近、マトモ建設に取りついてる」

と上野は吐き捨てた。

「死んだ湯山次長はマトモ建設を支援していて相当な金額を貸し付けていたんだけど、砂場支店長が過剰融資だと言って締め出したの。そんなマトモ建設の弱みに付け込んで、街金の奴らがマトモ建設に入り込もうとしてるのよ。もちろん、マトモ建設にしてみたら、ごく短期間の繋ぎだと思うけど」

上野が滔々《とうとう》と語る金融問題は、魔矢の理解を超えていた。とにかく大変なことらしい、そして湯山次長と砂場支店長は仕事の考え方が違うらしい、と思った。

「それじゃあ、灰塚さんという人は、マトモ建設の融資を切るのにも何か手伝ったのね」

支店長の汚れ役をしてくれる、という先ほどの上野の言葉を思い出しながら魔矢がそう言うと、上野は得意気に、

「むしろこれからじゃないかな、灰塚さんの出番は」

と呟いた。

お金の貸し借りのことはやはりよくわからないなあと思いながら、

「じゃあ、灰塚さんと一緒によくいる二メートル近い大男は知ってる？」

と魔矢が尋ねると、上野は、

「そんな男、見たことないわよ」

と首を傾げた。あれほど特徴的な容貌なら、すぐに気づくはずだ。銀行周辺には来ないのだろうか。魔矢は不審に思った。


その日の食事代一万五千円は、上野が奢《おご》ってくれた。そして、上野は当然のようにタクシーを止めると、魔矢を奥の席に座らせた。

「同じ方向でしょ」

そういうと、「中目黒《なかめぐろ》」と行き先を運転手に告げた。

上野みどりの住まいは、独身女性にしては出来過ぎの高級マンションだった。

すっかり暗くなっているのでよくわからないが、二十階以上の高層ビルのようだ。エントランスのデザインも凝《こ》っている。

「へえ、凄い」

と魔矢は驚いたが、上野は「ふふん」と鼻で笑い、酩酊《めいてい》気味の足取りで手を振りながらマンションに入った。バイバイのつもりなのだろう。

ここまで、タクシーメーターは一二三〇円になっていて、その分は上野が払った。魔矢のアパートがある新横浜まで、ここからなら東横《とうよこ》線が便利だ。

その夜、アパートに帰った魔矢は、寝つけぬままに「事件」を想像してみた。

その際に、上野から聞いた金融情報が役に立った。

まず、相模信用金庫という小さな金融機関があった。

それが六年前に、第二地銀の武州銀行に吸収合併された。だが相模支店は相模信金以来の行員を中心に運営され、本店から来る支店長もあまり口出ししなかった。

それをいいことに、湯山次長は甘い貸出をしていた。その分、相手からは謝礼を受け取っていたのかもしれない。大手銀行から引き抜かれて融資審査役をしていた上野みどりも、その一派だったに違いない。上野が豪華なマンションに住めるのも、そのせいだろう。

そんなところに、本店から辣腕《らつわん》のエリート砂場支店長が送りこまれて、融資審査を厳格にしはじめた。

上野を貸付審査から外して湯山の融資先を洗い出し、マトモ建設への過剰融資を引き上げた。このため、資金繰りに窮したマトモ建設は、駅前のビル工事をも大九組に譲らざるを得なくなり、街金に繋ぎ融資を頼むことになってしまった。

そのタイミングで起きたのが、湯山次長の変死だ。事件の匂いが強い。

だが、誰が、何のために湯山を殺したのだろう。死んだのが融資を引き上げた砂場支店長なら、マトモ建設の関係者に狙《ねら》われそうだが、死んだのは湯山次長。

いや、支店長はわざわざ替え玉を作ってアリバイ工作をしたんだから、やはり支店長本人が犯人じゃないのか。その場合の動機はなんだろう。

やっぱり明日、湯山の死んだ遊園地のトイレを見に行ってみよう。

……魔矢はそんなことを考えているうちに、眠れなくなってしまった。

3

眠れなかった魔矢は、夜が明けるのを待って湯山次長変死の現場、多摩原遊園地の第二駐車場のトイレを見に出発した。

早朝なら、あの大男もついてこないだろう。

その朝は、冬を知らせる冷たい曇《くも》り空だった。「あの日、新宿フォースで試合のあった日も、夕方から小雨だったな」と魔矢は思った。


第二駐車場は遊園地の裏側、ゴルフ場との間にある。そのせいか、思いのほか遠くて、稲城駅から二キロ以上も歩いた。現場に着いたのは午前七時半。だだっぴろい駐車場は二〇〇台は入るだろう。

周囲には遊園地客用のラーメン屋や焼肉店があるが、もちろん早朝なのでまだ開いていない。

「どうして湯山次長はこのトイレに来たのだろう」

と魔矢は不思議だった。

問題のトイレは古くて汚い。傾斜地に建っているためか入り口は下り階段。男性用は小便器が九つ並び、大便の囲いは三つ。床にはタイルが貼ってあり、入り口の階段の角は尖《とが》っている。なるほど、そこに後頭部をぶつければ、死んでしまう可能性があるだろう。

しかし、小便器と階段の間は四メートルほどもある。刑事の言ったように小をしている最中に階段に倒れたとしても、階段に後頭部は当たらない。

「投げっ放しのジャーマン・スープレックスでも届かない距離だ」

魔矢はそんなことに思い当たって、身震いした。

魔矢が駐車場に戻ると、黒いクラウンが止まっていた。

つい先刻はいなかったのに。

何だろう、と魔矢が近づくと、右のドアから若い男が出てきた。例の、女子プロ好きの青年刑事だ。

「刑事さん、私を付けてるんですか」

「いやいやいや、これは単なる偶然ですよ。魔矢さんを付けてるわけじゃありませんよ。それに疑うわけないでしょ。魔矢さんはあの日、新宿で試合をしていたという、完璧なアリバイがありますから」

「じゃあ、なぜここに？」

「魔矢さん、聞いたことがありませんかね。現場百回と言いましてね、われわれ刑事は事件現場にしょっちゅう来るんですよ。それより、魔矢さんこそ、どうしてこんなところにいるんですか？」

「昨夜、銀行のパーティに呼ばれて支店長に会ったものだから、あの事件のことが気になってるんですよ」

「へえ、そうなんですか」

刑事は、魔矢の言葉をどの程度信じているのか、ニヤニヤしながら聞いていた。

「そういえば、さっきアリバイと言ってましたが、アリバイのいない人がいるんですか」

『うわ、いきなり核心を突いてきますね。先輩がいたらとても教えられませんが、憧れの魔矢さんからの質問ですからね、特別にお教えしますよ。魔矢さんの知ってる人の中では一人だけ、いますよ。まあ、事件とは関係ないと思っていますが」

「誰ですか？」

「日暮里子さんですよ」

思いもしない答えに魔矢は驚いた。プロレス関係者のアリバイも調べているのか。ひょっとすると、山手の融資話のせいで、われわれ格闘ユニバーシティと銀行支店長の間に、何か特別な関係があると疑われているのだろうか。

「私たちまで調べているなんて……。銀行の人たちは全部調べたんですか」

「もちろんですよ、これでもわれわれは、捜査のプロですからね」

「じゃ、運転手の田畑さんも？」

魔矢は知ってる名前を上げてみた。

「へえ、田畑なんてよく知ってますね。昨日のパーティで知り合ったんですか？　もちろん、ばっちりです。あの日の午後八時二〇分から二時間、彼は行員の上野みどりと渋谷《しぶや》のホテルにいました。支払いは上野のキャッシュカードでしていますから、間違いありません」

「へえ、そこまで調べてるんですか。凄いですねえ。じゃ、清掃員の神田さんは」

魔矢は面白半分に尋ねてみた。

「あのおばさんは自宅でした。見た者はいませんが、証拠があります。九時二五分と四〇分に看護師をしている娘に電話を掛けているんですが、その発信局が自宅地域なんですよ」

「へえ、神田のおばさんの娘さんは、看護師さんなんだ」

「日暮里子は自分のアパートで寝てたと言ってますが、証拠がないんですよね」

青年刑事は、再び里子の名前を口にした。

「あれ？　砂場支店長のアリバイは？」

「何をおっしゃっているんですか。支店長はあの日、魔矢さんたちのプロレスを見に行ってたんですよ。最初にアリバイが成立しました」

「それが、違うのよ」

魔矢は、支店長が替え玉に違いないという、自説を熱心に説いた。これまでの無言の圧力のことを思い出すと、この後のことが少々不安だったが、脅《おど》されてばかりで黙っていられない、こっちもやってやる、という思いで、替え玉説を口にしたのだ。

「魔矢さん！　凄い情報ですよ、それは。これから捜査本部に戻って、検討します。ありがとうございます」

「それならよかった。こっちこそ興味深いお話、ありがとう」

「とんでもない、魔矢さんのためならギリギリの情報までお話ししますよ。これからも、情報交換、よろしく」


魔矢は刑事と別れてから、里子の携帯に電話してみた。

「あんた、警察に疑われているみたいだよ」と笑い話にするつもりだったのだ。

しかし、呼び出し音五回で「ハイ」と返事をしたのは、男の声だった。

魔矢は驚いたが、すぐに切れた。そして数分後、里子から折り返しの電話があった。

「ごめんね、今、スーパーのレジやってんの。だから店の人が電話とっちゃったのよ」

と里子は言い訳をした。だが、魔矢には嘘とわかった。里子がスーパーでアルバイトをしていることは聞いているが、午前八時に出ているはずがない。そして、先刻の声は紛《まぎ》れもなく、山手巡のものだ。

里子と山手ができてるのか。

魔矢は驚いた。と同時に、「アリバイのないのは日暮里子だけ」という刑事の言葉が気になった。

支店長に依頼された山手が、里子を使って湯山を殺したのかも……。そんなはずはない、と思いながら、魔矢は疑いを抱いた。

4

鬼剣魔矢は、遊園地の駐車場からブラブラ歩くうちに、京王線稲城駅に出た。

日暮里子が山手巡とできているらしい、という思いが疲労感を生んだ。

誰かとしゃべりたいと思ったが、今日は平日の水曜日。しかもまだ朝の八時過ぎだ。プロレス仲間としゃべるような時刻ではない。

「神田のおばさんに会ってみたいな」と思ったが、相模原駅に行くのはここからだと意外と大変だ。京王線で橋本《はしもと》まで行って、横浜線に乗り換えるよりない。魔矢は時刻表を見ながら電車を待つことにした。刑事の言っていた「死亡時刻」の午後九時前後だと、一五分に一度ぐらいしか電車がない。


三〇分ほどかけて相模原駅に来て武州銀行相模支店の用務員詰所を覗《のぞ》くと、神田が始業前の清掃を終えてお茶を飲んでいた。

「道場に来たんだけど、早過ぎたんでちょっといい？」

魔矢はそんな口実で、詰所に座り込んだ。

「へえ、今から練習かい。私は暇だから、かまわないよ」

「ありがとう」

「おとといのパーティ、来てたね」

「あ、そうなんだ。マネージャーにどうしても出ろ、って言われてさ」

「ワンピースにハイヒールっていういつもと違う姿だから、びっくりしたよ。でも、似合ってたよ。奇麗な人は何を着ても似合うね」

「そんなことはないよ。……それより、あのパーティで紹介されてたけど、今度の次長ってどんな人」

と魔矢は尋ねた。

「砂場支店長のイエスマンさ。砂場さんがここに来る前にいた和光《わこう》支店から連れて来たんだよ」

神田の批評は厳しい。

「前の湯山さんとは正反対よ。湯山さんは学歴はないけど手八丁口八丁、足も三本ともよく働いた。だけど、今度の次長の石野新五さんは、砂場支店長と同じ慶応大学卒で三四歳の独身、支店長の前ではビクビクよ」

「三四歳か。私と同い年だ」

魔矢の呟きが、神田を刺激したようだ。

「へえ、三四かね、若く見えるけどねえ。私は三五の時に結婚したんだよ。でも、たった二年で亭主は交通事故で死んだの。一歳半の娘を残してね」

「そうだったの」

「どうしたらいいかわからないものだから、知り合いのつてを頼って弁護士先生に相談したりして、とにかく大変だったよ。一歳半の子供がいるから働きにも出られず、しばらく亭主の保険金で食ってたら、民生委員がみどりのおばさんの職を紹介してくれてね。四年ほどやったけど、娘が小学校に入ったのを契機に、ここの清掃員になったのよ。四二歳だったね」

「おばさん、偉いね。女手一つで娘さんを立派に育てて」

魔矢は刑事が、神田の娘は「看護師」だと言っていたのを思い出した。

神田は、

「立派かどうか、わかんないよ」

と言いながらも、嬉しそうに微笑《ほほえ》んだ。やっぱり娘が可愛いのだ。

「おばさん、さっき、前の湯山次長は三本の足がよく働いたって言ってたけど、どういうこと？」

魔矢は話題を変えた。

「仕事もできたが、下ネタも多かったってことさ」

神田は身を乗り出して囁《ささや》いた。

「湯山さんのお蔭で成長した会社はマトモ建設だけじゃないのよ。居酒屋チェーンの『八戒』とか、パチンコの『悟空』とか、連れ込み旅館の『Ｈ２Ｏ』なんかもよ。つまり、仕事はよくできた。

だけど、中の足もすごかった。十年ほど前に、息子が二人もいるのに女医の奥さんと離婚して、雑誌記者の今の奥さんと再婚したんだけど、その後もいろいろ浮気していたみたいよ」

神田はそこまで言ってから顔を寄せた。

「窓口主任の上野みどりもその類だよ。上野主任は、あれで東大出だからね。湯山さんは才女好みだったのよ」

魔矢の父親は小さな電器店の従業員、母親はパートに出る程度。高校二年修了で中退して女子プロレスに入った魔矢は、サラリーマン世界の人間関係に疎《うと》い。

小さい頃からテレビで女子プロレスを見て育った魔矢は、女子プロレスラーに憧れ、大きくなったら絶対に女子プロに入る、と決めていた。他の職業に就くことなど、まったく考えていなかった。

それだけに、神田の語る銀行の人間模様の一つ一つが、「湯山次長の変死」に繋がる重大情報に思えた。

「上野さんもなかなかなのね」

魔矢も囁き返した。

「この間、田畑さんをプロレス興行に誘ったらさ、上野さんを連れてきたわよ」

魔矢がそういうと、神田は満足気に呟いた。

「どっちもどっちだよ。あの二人なら」

5

その日、魔矢がスナック「可奈子」に着いたのは、七時少し前だった。ママの駒込可奈子が一人、電気スタンドを点《つ》けて帳簿を睨《にら》んでいた。

帳簿をパタンと閉じた可奈子は、大きな溜め息をひとつすると、魔矢の方に向き直って、

「この頃は不況でね。今月の売り上げはまだ一〇〇万円そこそこよ。店の家賃と光熱費で三五万円、麻耶ちゃんと真人君の給料で三五万、仕入れが二〇万。私の手元にはいくらも残らないわよ」

とぼやき、

「今日あたり、パッと使ってくれる団体さんが来ないかな」

と呟いた。

一五分ほど後から来た真人にも、可奈子は同じことを繰り返した。実際、この街の景気は悪い。魔矢は首にならないかと、急に心配になった。

可奈子ママの願いが通じたのか、その日は八時前にどやどやと五人連れが入って来た。そしてテーブル席の椅子を並べ替えて、景気よくシャンパンを開けた。

翌日の木曜日、魔矢は早起きをしてまた武州銀行に行った。

いつもの用務員控室に向かったが、あいにく、田畑運転手は出かけていて不在。神田のおばさんも、携帯電話で長話をしている。真剣な表情で何度も頷《うなず》いているところを見ると、かなり大事な話らしい。

ようやく電話を終えた神田は、「娘だよ」と長話の相手を知らせた。

「やっぱりね。そうだと思ったんだ。娘さんと話してる時のおばさんは幸せそうよ」

魔矢がそう言うと、神田は、

「近くアメリカに行くかも」

と微笑んだ。

「へえ、恋人がいるんじゃなかったの?」

前に神田から聞いた一言を思い出して魔矢が尋ねると、神田は「だからよ」と短く答えて笑みを浮かべた。

「あ。結婚して一緒にアメリカに行くんだね。そりゃ凄い」

魔矢は叫んだが、内心では「その娘に会ってみたい」とも思った。

やがて、田畑がセンチュリーを運転して戻ってきた。支店長を乗せて本店を往復してきたという。

魔矢は田畑に「耳の潰れた大男」のことを尋ねてみた。

「うん、そういえば最近よくいるな、灰塚さんと一緒に。けど、あれが誰だか、俺も知らないよ」

「そうなんだ……」

「そりゃそうだよ、僕の仕事は支店長の車の運転なんだから」

「いわれてみれば、そうだよね」

「それよりさ、俺、今は車両管理会社からの派遣なんだけど、来年からは銀行の正社員になれそうなんだよ」

田畑はそう言うとにっこり笑った。もともといい男だから、笑顔もさまになっている。

「そりゃいいね。銀行って正社員になったら終身雇用だもんね」

そう言いながらも、魔矢は田畑が安定志向らしいことを知ってちょっと幻滅した。

3章 新幹線車中の捜査会議

1

神田や田畑としゃべったあと、魔矢は相模原駅前でのんびりと昼食を食べた。二時過ぎに南多摩の道場に出ると、すぐに山手がデスクに招いた。

「うちの団体『格闘ユニバーシティ』は、今は資本金三〇〇万円の有限会社だ。株の半分は黒潮屋の親父、残りは俺が一〇〇万、江戸千夏とお前が二五万ずつ持ってるよな」

山手は使い古したノートに乱雑な数字を書いて、そんなことをいい出した。魔矢は、話の方向が見えなくて、ただ聞くだけだった。

「俺は、有限会社を株式会社にしたいんだよ。そうすれば信用も付くし、いろんなことができる。で、その際に増資もしたい。どうせなら資本金一〇〇〇万円、というほうがかっこいいじゃないか」

魔矢は山手の熱い口調を、ただ聞くしかなかった。

「全体の半分五〇〇万円は『大九組』が持ってくれるから、あと二〇〇万増やせばいいんだ。黒潮屋は親父が病気だからもう頼めない。俺が一〇〇万持つから千夏とお前で各五〇万ずつ持ってくれよ」

「私、五〇万円も持ってないよ。千夏は店やってっから金持ちだろうけど」

と魔矢は拒んだ。だが、山手は、

「武州銀行にも預金があるそうじゃないか」

とニヤついた。

「それにな魔矢、もっと大事なのは決算だ。一昨年と昨年は、俺が駆け回ってスポンサーを集めたのでわずかながら黒字だったが、今年はこのままでは赤字になりそうなんだ。

そこで、勝負は年末の後楽園ホールだ。うんとインパクトの強い試合をやって、満杯にしたいんだよ」

「格闘ユニバーシティ」では、十二月二十一日の土曜日に後楽園ホール大会を予定している。ここ数年、恒例のビッグ・イベントだ。

「今の調子では、後楽園の有料入場者が七〇〇人でとんとん、一五〇〇人入れば四〇〇万円余りの利益が出て、今年の決算も黒字になる」

山手はそう言いながら、乱雑な数字をノートに書いた。

――ははあ、増資と黒字の二つが「格闘カフェ」に武州銀行が融資する条件なんだな。

と魔矢は勘ぐった。それだけに、嫌な予感がした。

「そりゃ、私だって後楽園ホールは満杯にしたいけどさ、そのインパクトの強い試合って何だよ」

「それをこれから考えるんだよ」

山手は媚《こ》びるような笑顔で、囁いた。

「魔矢、やってくれるよね」

「そりゃ、私だってみんなのためならやるけどね」

魔矢はその場の雰囲気におされて答えた。

2

その日、魔矢は早々に道場を引きあげたが、道すがらも、山手が魔矢の銀行預金を知っていたのに腹が立った。

武州銀行の誰かが、山手にしゃべったに違いない。誰だ？

武州銀行では、上野みどりの窓口しか使っていない。そして、あのパーティに上野も参加していたことを思い出した。あの会場で、きっとしゃべったに違いない。

……魔矢はそう考えた。

あの東大卒の浮気女を取っちめてやらねば。

魔矢はそう決めて武州銀行の裏口に入り、神田に頼んで上野を呼び出してもらった。

だが、上野が出て来るまでに気が変わった。

口の軽い者こそ情報源。自分の仲間にして、いろいろ聞き出そう。誘い出して話を聞こう。そう思ったのだ。

その週末、魔矢が出場するのは日曜日に行なわれる大阪の新世界ホールでの「権藤組」の興行だけだが、ちょうど、土曜日の「ワールド・プロレス」の招待券を持っていた。

魔矢は裏口に出てきた上野に、

「あさっての土曜日、新宿フォースにプロレスを見にこない？　『ワールド・プロレス』という男子の団体だけど」

と誘った。

「悪いけど、土曜はゴルフがはいってるのよ」

上野は、アイフォーンをいじくりながら応えた。その横顔には、「私はエリート。プロレスなんか一度だけ後学のために見れば十分」と書いてあるように思えた。

それでも魔矢は、

「このワールド・プロレスというのは、イケメン選手が多くて人気なのよ。プレミアチケットなんだから。だから私も見に行くんだ」

と入場券を強引に押しつけた。それが効いたのか、上野は、

「雨でゴルフが取り止めになったら行くよ」

と呟いて、入場券を受け取った。


土曜日午後六時に新宿「フォース」に行くと、雨でもないのに、隣りの席に上野みどりがいた。今回は一人、いつになくジーパン姿でスッピン、疲れ気味だ。

それでも夕飯の誘いには乗り、歌舞伎町の居酒屋に入った。焼酎をビンごと取って二人で七〇〇〇円。前回のイタリアン・レストランとは大違いだが、上野はよく飲んだ。

明日は大阪で試合なので普通だったらお酒は口にしないのだが、上野にしゃべらせるため、魔矢も付き合いで少しだけワインを飲んだ。

「湯山さんが死んで、銀行も大変らしいね」

魔矢は頃合いを見て話を振ってみた。

「そうよ。湯山さんは相当なことをしていたから」

上野の口調は、なぜか前回の時と違って厳しい。

「湯山さんのお蔭で伸びた企業もあるけど、それ相応の謝礼はさせてたのよ、大きな声じゃ言えないけどね。前の奥さんには慰謝料を払い続けてたから、とにかくお金が必要だったみたいよ。長男は絵描きと称するグータラだからますますお金がいるしね」

「へえ、大変だったんだ」

「次男はお兄ちゃんとは大違いで、医学部を出てる。『ウチの息子は医者だから、嫁は病院長の娘じゃなくちゃ』って言うのが湯山さんの口癖でさ。息子が勤めている相模原の病院に七億六千万円も融資したんだよ、去年のはじめに。ただの個人病院なのに」

上野は熱く語っているが、金融の話になると魔矢はついていけないから、話題を変えた。

「銀行って、金持ちが多いんじゃない。上野さんのマンションも素敵よね」

「あそこは出るのよ。今月末で」

上野は不機嫌に首を振った。魔矢は数日の間に上野が心変わりしたのが不思議だった。上野が豪華なマンションに住めなくなったのも、湯山の死と関係ありそうだ。

3

翌日曜日（十一月二十四日）、魔矢は午前一〇時発ののぞみで大阪に行った。「新世界ホール」での「権藤組」興行に出るためだ。例によってお笑い半分格闘半分の試合である。魔矢の相手はムーサ大鐘。五二キロの動きの素早い魔矢と、一〇〇キロの鈍重なムーサの悪役対決が観客を喜ばせた。

魔矢はムーサの「鐘撞き棒攻撃」を受けて倒され、何度も踏みつけられた。

だが、最後は得意のジャーマン・スープレックスでムーサの巨体を後ろに投げ捨てて、快勝した。ジャーマン・スープレックスは相手を後ろから抱えて引き付け、反り返って腹に乗せて後ろに落とす大技だ。一瞬の弾みで、自分の体重の二倍の相手を投げることができる。

他に魔矢の得意技には、相手の片足に自分の左足を乗せて右足で相手の顔を蹴るオザキックと、コーナーの最上段から寝ている相手の上に体を半ひねりして乗るコーナーセントーンがある。

魔矢が会場を出たのは午後八時三〇分。地下鉄で新大阪に駆けつけ、九時二〇分の最終のぞみに乗った。

指定席に座り、ホッと一息ついていると、通路側に人の気配がした。

どうしたのだろうと思って見上げたら、そこに、あの青年刑事がいた。

「お疲れさまでした。今日も、いい試合でしたね」

「見てたんですか？　というか、来てたんですか、今日の試合」

「もちろん。僕は魔矢さんの大ファンですからね。時間が許す限り、どこへでも。さすがに今日の今日はいい席がなくて、最後列で見てましたけどね」

「大阪まで来るくらいなんだから、例の事件は解決間近、なんでしょうね」

「厳しいなあ。そういうわけじゃないんですけどね」

そう言うと、青年刑事は図々しくも魔矢の隣りの空いているシートに座った。お客さんが来たら席を替わるのだろうが、少なくとも次の停車駅の京都までは隣りにいるつもりらしい。

刑事はニコニコしながら、かばんからノートパソコンを取り出した。

「魔矢さん、あの事件に異常な興味をお持ちでしょ。しかもこの前は、支店長替え玉説という情報も提供してくださいましたし。大ファンの僕としては、お教えできる最大限の情報をお教えしたいと思いましてね。まあ、今から話すかなりの部分は新聞記者にもう話しているんですけどね」

そういうと、パソコンのモニターを魔矢のほうに向けた。

「湯山健二の死は、いまだに事件なのか事故なのかはっきりしてません」

モニターに映像が映った。

「発見当時の害者の姿です」

肥満体の五〇男がトイレの床に仰向けに倒れている。けっして楽しい写真ではない。むしろ気持ちの悪い部類に入る。魔矢はまゆを顰《ひそ》めながら、それでも好奇心に負けて、モニターを凝視した。

写真の男は白目を剝《む》いていて、両手は顔の左右に広げている。黒っぽいズボンのチャックからは萎《しな》びた男性器らしきものが見えている。文字通り排尿中に倒れて、死んだのだ。

後頭部が階段の角に当たったらしく、頭の下の床には血が溜《た》まっている。

だが、便器から階段までは四メートルも離れていたはずだ。

「こんな場所に倒れるなんて、よっぽど酔っぱらっていたんですか」

「いやあ、魔矢さんは鋭いなあ。でも、残念ながら違います。血液中のアルコール濃度は〇・四五ミリ。日本酒なら二合ぐらいというところです」

そのまま、刑事は事件について語り始めた。

「その日、害者は午後六時五〇分頃、遊園地最寄りの稲城駅でタクシーに乗り、現場近くの焼肉屋に入りました。このことは害者を乗せたタクシーの運転手の供述で明らかです。

店には、害者を待っていた二人の男がいました。

三人は焼肉屋の奥の個室で一時間ほど食事をし、店を出ました。これも、従業員の証言とレジの打ち込みで証明できます。ちなみに、支払いは現金でした。

それから一時間後の九時頃に、湯山は焼肉屋に近い駐車場のトイレで、頭をぶつけて死んだわけです。頭蓋骨骨折でほとんど即死と推定されます。

遺体が発見されたのは翌朝の七時過ぎ、発見者は駐車場の清掃係です。ご存知かもしれませんが、害者の死亡時刻は、食べた物の消化状態からはっきりわかります」

「その日、湯山さんと一緒に食事をしたのは誰ですか」

「不動産業者の灰塚信三と、灰塚の運転手をしている粉浜清七《こなはませいしち》です」

青年刑事が、二人の顔写真をパソコンに出した。灰塚信三は銀行のパーティでも見た通り、頭が薄くて縁無し眼鏡の小男だ。

そして粉浜清七というのが、あの耳の潰れた大男だった。

灰塚の運転手だったのか……。魔矢は大男の正体がわかって、少しだけホッとした。

あれ？　灰塚が来ていたということは、支店長の替え玉は別の人物だったのか……。てっきり、灰塚が替え玉役を担当したと思ったのに。

「店の出入口に備えた防犯カメラにも、三人らしき姿が映っています」

「この耳の潰れた大男、銀行のパーティに来てました。こいつが怪しいと思いますよ」

魔矢は思わず口にしたが、刑事は首を振った。

「奴にはアリバイがあります。害者が死んだ時刻の少し前、午後八時四二分に、粉浜の運転する車が新横浜駅の近くで路線変更の交通違反をやって、警官に捕まっているんです。灰塚も一緒です。路線違反ぐらいじゃ同乗者まで身元確認はしませんが、担当した神奈川県警交通課の記録に『同乗者一人』とあるから、灰塚と思って間違いありません」

刑事はパソコンを操作しながら、さらにしゃべり続けた。

「不思議なのは、焼肉屋を出てから約一時間、湯山が何をしていたのか、まるでわからないんですよ。わかっているのは、害者の湯山が携帯で電話をしたことです。相手は、マトモ建設の社長、真友三郎《まともさぶろう》と、湯山の次男の医者。この二人です。

もっとも、真友とは二分半話しただけだし、次男の医者とは繋がりませんでした。とても、電話だけで一時間潰せたとは思えません」

刑事はそう言うと、モニター画面を指し示した。

「これが遺留品です。三万円余りの現金と銀行カードが入った財布。小型の手帳。ゲルベゾルテという外国タバコの箱とライター。それにカルティエの高級時計。そして携帯電話がひとつ。これだけのものが手つかずなんですから、少なくとも物盗りの仕業じゃないですね」

魔矢は、初めて聞く情報にただただ聞き入るばかりだった。

「あの辺は遊園地とゴルフ場の客が目当てだから、どのお店も午後八時には閉めます。焼肉レストランの従業員も、八時四〇分には戸締りをして帰ったそうです。その時には湯山の姿は見なかったし、残っていた車もなかったそうです」

「へえ、じゃあ湯山さん、何してたんでしょうね」

魔矢は首をひねった。

「だから、それが謎なんですよ。ずっとあの付近にいたとも思えないんですよね。湯山は大変なヘビースモーカーなので、一時間もいたとすれば、吸殻の二、三本、落としそうなもんですがね、駐車場にそれらしいものはなかった。

もちろん、駐車場だけでなくその周り一帯も調べましたが、見つかった吸殻はみな古いもの。しかも国産タバコ」

魔矢は閃《ひらめ》いて、刑事に聞いてみた。

「いったん駅の方に歩き出したけれど、トイレに行きたくなって途中で引き返してきたんじゃないですか」

「さすがですねえ。あの駐車場から駅まで、ゆっくり歩けば四〇分以上かかります。湯山は歩きだしたが途中で戻ってきた。そしてトイレに入った。そう考えれば辻褄《つじつま》は合います。ただ、だとしたら駅のトイレを使うほうが、話は早いはずなんですけどね」

たしかに、駅近くまでせっかく歩いてきたのに、また戻るのは不自然だ。魔矢は、自分の推理がすぐに破綻《はたん》したことに苦笑せざるを得なかった。

「それに、もっと根本的な問題があります。もしも殺しとした場合、殺し方がわからないんです。魔矢さんは今日、ムーサ大鐘の巨体を見事なスープレックスで後ろに投げましたが、あれでも、ムーサの頭が落ちたのは足元から一メートル以内。四メートルも後ろに投げられるのはよほどの大男じゃないと無理ですが、害者は一六三センチ、七三キロのメタボ体形なんですよね。かなり重い。放尿中のメタボ男を、どうやったら四メートルも投げ飛ばせるのか……」

「じゃぁ、やっぱり事故なんですか」

魔矢はそう呟いたが、いくら酔っていても、四メートルも後ろに倒れるだろうか、という疑問が消えない。刑事たちも同じ疑問で捜査を続けているのだろう。

青年刑事はくたびれた表情で呟いた。

「捜査本部も、殺人説と事故説に二分してます。僕は殺人説なんですが、事故説のほうが多いんですよねえ。それだけに、この前いただいた支店長替え玉説はありがたいです。この線、捜査中ですが、結論が出たらお教えしますね」

青年刑事はにこやかにしゃべっていたが、一転、憂鬱《ゆううつ》そうな顔になった。

「面倒な事件ですよ、これは。事件発生の現場が東京都稲城市なんでわれわれ警視庁が担当していますけど、関係者の職場も関連事項も、みんな神奈川県警察管内なんだよな」

4

翌月曜日（十一月二十五日）、魔矢は携帯の呼び出し音で目が覚めた。電話してきたのは神田のおばさんだ。

「魔矢ちゃん、金曜日は面白かったよ。死んだ湯山次長の貸金庫が開かれてね、いろんなことがわかっちゃったのよ」

神田は興奮気味にいった。

「へえ。じゃ、今日行くよ、昼御飯の時でも。その時に詳しく教えて」

月曜は道場に出る日だが、午後からなのでそれまでは時間がある。

正午頃、魔矢は武州銀行多摩支店に着いた。昼の休憩時間に利用者の多い銀行では、この時間帯は行員も守衛も、かなり忙しい。だが、清掃係だけは暇だ。店頭やATMルームの掃除を行なうのは昼食時間のあとだ。案の定、用務員控室では神田が一人、弁当を広げていた。いつもはコンビニ弁当なのに、この日は凝った手作りだ。

「魔矢ちゃん、いっしょに食べてよ。今朝は娘が作ってくれたから御馳走だよ、一人じゃ食べきれないよ」

神田は嬉しそうに言った。

「昨日は当直明けで、うちに泊まったのよ。うちの娘は料理好きなんだ」

「ありがとう」

魔矢は勧められるままに座り込んだ。

「貸金庫のことを詳しく知りたいんだけど」

「そうそう、その話だった。金曜日に相続人立会いで、湯山次長の貸金庫が開示されたのよ。もちろん、砂場支店長と銀行の法務部も立ち会ってね。銀行とも貸借関係があるから。

それが、びっくりするほど賑《にぎ》やかだったんだよ。絵描きの長男は湯山の前の奥さん、つまり長男にしてみれば実の母親なんだけど、その人と一緒に暮らしてて、二人でやってきた。それから、次男の医者。今の奥さんと、その連れ子が一人。これだけでもややこしいのに、もう一人、なんと上野みどりの代理人も来たのよ。あの女、やっぱり湯山次長とできていて、お手当てを取ってたのね。だから遺産にも請求権があるっていうことで、来たんだろうな。

金曜は行内中がそれはもう大騒ぎで、私たちの耳にもそういう情報が入ってきたわけさ」

神田はすらすらと言った。

「ところが、貸金庫を開けてみてわかったんだけど、実は湯山次長は素寒貧《すかんぴん》だったの。自分が住んでる世田谷《せたがや》のマンションも、上野みどりを住まわしてるマンションも、マトモ建設の持物をタダで使ってただけなのよ。

そのマトモ建設が、融資引き上げのせいで大赤字。倒産寸前だから、全部街金に抵当に取られてて、上野みどりも立ち退きになるのよ、
私はあと片付けのために会議室に入ったから、湯飲みの並びや椅子の配置で、どんな雰囲気の会合だったか、だいたいわかるのよ。けっして楽しい会合じゃなかったみたいよ。

それに、支店長が本店に電話してるのも立ち聞きしちゃったしね。支店長がしゃべっていた内容から考えて、私の説明、それほど間違ってないはずだよ」

「へえ、それは驚きだね」

魔矢は、土曜に上野が、湯山のことを悪し様《あざま》に言っていた謎が解けた思いがした。少なくとも、今住んでいるマンションぐらいはもらえると信じていたのに当てが外れ、それどころか追い出されることに。その反動で、湯山のことを急に悪し様に言い出したのだ。

「それにしても、湯山さんが素寒貧とはびっくりだね」

魔矢はそう言ったが、神田のおばさんは苦々しく、

「私は前から勘づいてたけどね」

と呟いた。

「これで、次男の医者も吹っ切れるんじゃないのかな」

と肩をすぼめた。

魔矢は、神田の人間観察の鋭さに感心した。だが、これだけすらすらと言えるのは、私としゃべる前に、この件で誰かと話していたのではないか、そしてそれは、昨夜神田のおばさんの所に泊まったという娘ではないだろうか。

そう思うと、魔矢は急に、神田の娘がどんな女性なのか気になった。

「おばさんの娘さんって綺麗でしょうね、おばさんも綺麗だから」

魔矢は卵焼を頬張りながら水を向けてみたが、神田は「まあね」と曖昧《あいまい》に笑っただけ。娘の話には深入りしたくないらしい。それが魔矢の好奇心を一段とそそった。

5

そんな魔矢に、すぐチャンスが来た。神田がトイレのために、席を外したのだ。

机の上では、手提げ袋から携帯電話が覗《のぞ》いているのが見えた。魔矢は素早く携帯を取ると、番号登録を見た。百近くある登録番号は銀行関係者や近くの商店、洗濯屋、美容院、それに友人か知り合いらしい氏名が並んでいる。

最後のや行に、ひとつだけ名字なしで「康美《やすみ》」というのがあり、二つの電話番号が付いていている。ひとつは〇四五ではじまる横浜ナンバーの固定電話、もうひとつは〇九〇の携帯電話だ。

「名字がないのは娘さんに違いない。康美さんというんだな。横浜ナンバーのは勤務先の病院だろう。〇九〇は娘個人の携帯だ」と魔矢は推測し、二つの番号を手帳に控えた。

そのすぐ下に、今度は「湯山」という名がある。しかも二つ。ひとつは〇四三で始まる固定電話と〇九〇で始まる携帯の番号の対がひとつ。もうひとつは〇四六で始まる固定電話と〇八〇の携帯電話。

「さすがだな、湯山次長。携帯を二つも持ってたんだ」

と感心した。

その下にもう一つ、「吉村務法律事務所」とあるのも気になった。

ごく普通のおばさんが、法律事務所の電話番号を登録しているとはびっくりだな。魔矢はそう思った。

6

神田のおばさんの仕事が始まる前に、魔矢は武州銀行を出た。午後一時過ぎだ。

時間をかけて道場へ向かった。歩きながらも、昨夜の新幹線での刑事の話と、さっきまでの神田の話が頭の中で渦《うず》巻いた。

そして、「やっぱり一番怪しいのは砂場支店長だ」と思った。

砂場支店長はあの日プロレス会場には来ず、かつらと縁太眼鏡で替え玉を作った。替え玉になったのは、年格好の似ている灰塚信三だろう。次の週のプロレス観戦での灰塚の様子から考えても間違いない。

だとすれば、焼肉屋に行った人物は灰塚ではなく、砂場支店長本人だったに違いない。監視カメラの映像に映っているらしいが、鮮明な画像でもないだろうし、十分にごまかせる。

「一体、何のためにそんなことをしたのか。そしてそこで何が話し合われたのか」

と魔矢は考えた。プロレスの試合の前に相手の出方を推測するよりも、ずっと複雑で面白い、と魔矢は思った。

たぶん、こうだ……。湯山次長はあの日曜日、銀行の会議室でタバコを吹かして何かをした。恐らく、これまでの過剰融資の処理方法を考えたのだろう。

非合法のことだから、場所を変えて焼肉屋で砂場支店長に報告したが、聞き入れてくれなかった。会談は決裂。だからその後、気まずい思いになってしまい、同じ車には乗らなかった。

湯山は真友三郎に電話をした。迎えに来てもらうつもりだった。

しかし、会談の結果がよくなかったからか、真友は迎えに来なかった。

湯山は近くのタクシー会社の電話番号も知らなかったんだろう、次男に電話したが繋《つな》がらなかった。会談結果に落胆し、帰る手段にも窮した湯山次長は、駅に向かって歩きかけたが、途中でトイレに行きたくなって戻って来た。そして……。

魔矢はそこまで考えたが、「いや、やっぱりおかしい」と呟いて首を振った。途中まで歩いていたとすれば、なぜ駅のトイレに走らなかったのだろう。暗くなった駐車場に戻るのはいかにも不自然だ。

「あ、そういえば……」

魔矢は、もうひとつ、不思議なことに思い至った。

神田のおばさんの携帯には、湯山の電話番号が四つ載っていた。銀行の電話と自宅の電話、そして携帯の番号が二つあった。ところが刑事に見せてもらった湯山の所持品の写真には、携帯がひとつしかなかった。もうひとつはどこに行ったのか……。

そして、殺人だとした場合、犯人はよほどの大男だ。

しかし、例の耳の潰れた男にはアリバイがあるらしい。

運転手の田畑は、身長が一八〇センチほどあるはずだ。銀行の正社員に採用することを餌《えさ》に、砂場支店長が強引に依頼したのではないか、と妄想を膨らませた。

「あのイケメンが香港映画のスター並みの武術の達人ならカッコいいなあ」と呟いたが、すぐに「あり得ない」と否定した。魔矢くらいのキャリアになると、相手が格闘経験者かどうか、服の上からでもわかる。そして、あの運転手は間違いなく、格闘素人《しろうと》だ。

一六三センチ・七三キロのメタボ体形の男性を四メートルも後ろに投げ倒すなど、並みのプロレスラーや柔道家にもできることではない。

魔矢の思いは堂々巡りの状態が続いた。

4章 リングサイドの挑発

1

　その週の木曜日十一月二十八日。魔矢は道場に行き、二時間半のトレーニングをした。それが終わると、待ち構えていたように山手が近付いて来た。

「魔矢、頼むよ、次の後楽園。うんと刺激のある試合にしたいんだ。満員御礼がでるような」

「私だってそうしたいけど、どうすればいいのか、考えつかないのよ」

「俺に秘策がある」

　山手はそう言ってから、じっと魔矢を見つめた。

「敗者髪切りマッチだ、千夏と魔矢の」

　やっぱり、と魔矢は思った。十二月二十一日の後楽園大会では、江戸千夏と鬼剣魔矢の決戦がすでに決まっている。「格闘ユニバーシティ」では最高の人気カードだが、今年はもう二度もやっている。

　これに新たな付加価値をつけるとしたら、負けたほうが髪の毛を切られるという「敗者髪切りマッチ」がもっともふさわしい。山手が「後楽園を満杯にしなくては」と言いだした時から、魔矢は薄々感じていた。

「私が勝って千夏が坊主になるんならいいよ」

　魔矢はそう答えたが、山手は、

「ま、勝ち負けは時の運だから」

と言い、

「やってくれるんなら『大九組』がトロフィと五〇万円の賞金を出してくれる。負けたほうの髪切り料だよ」

としゃべった。明らかに魔矢に、「五〇万円やるから負けて坊主になれ」といっているのだ。

「嫌だね、坊主になるのは。私は髪の長い美人レスラーできたんだからね、一七年間も」

魔矢はそう言うと席を立ち、シャワー室に入った。

だが、火照った全身にシャワーを浴びせているうちに「やってやるか」という気になった。

格闘ユニバーシティが赤字になり、女子プロレスが衰えるのはとにかく嫌だった。

シャワー室から出ると、身支度を整えて再び山手の前に行った。

「先刻の提案、やってやるよ。ただし、真剣勝負だ」

鬼剣魔矢は山手巡にそんな回答を叩きつけた。


道場を出た時、魔矢はさすがに興奮していた。

男子と違って、女性の髪切りマッチは珍しい。何といっても髪は「女の命」。それを試合で負けて衆人環視の中で丸刈りにされるのは辛い。五〇万円ぐらいの「断髪料」では到底納得できない。

「ふん、アタシが勝ったら、千夏の奴、嘆くだろうな。千夏ファンも大騒ぎだよ」

魔矢はそんな空想を描いてみた。そして、いつかそんなこともあったよな、と思った。

自分が小学生の頃、「人気美人レスラー同士が髪切りマッチをやった」というニュースを聞いたような気がする。魔矢はその試合は見ていないが、父が買ってきた雑誌に出ていた。父がひどく興奮していたのをかすかに記憶している。もう、二十四年も前のことだ。

「あれ以来かな、女子の髪切りマッチは」

道場からの帰り道、魔矢は静かに闘志を燃やしていた。

2

次の日曜日、午後七時過ぎ。後楽園ホールはすでに満員だった。

男子プロレスでも最高の人気を誇る「帝国プロレス」が、「ミドル級世界選手権試合」と銘打った試合を行なっているのだ。

現在のプロレスは、大男の力技よりもカッコいい美青年のスピード技が喜ばれる。

今日のタイトル戦を争う白州《しらす》猛《たけし》とブラッド・モーガンは、その典型。長身で筋肉質の白州は体操選手、モーガンは映画のスタントマンの経験があるという。

その前座に女子プロレスが一試合組まれている。江戸千夏vsムーサ大鐘戦である。

まずムーサ大鐘が子分の悪玉選手二人を連れて入場。これ見よがしに鐘撞き棒を振り回す。

その後、江戸千夏が飛騨雪枝と美濃秋乃の二人のセコンドと共に現れた。

千夏がリングに入るより先にムーサ大鐘が襲撃、首に鎖を巻いて千夏を客席に投げ飛ばすなどの暴行を始めた。魔矢には見慣れた光景だが、女子プロレスを見慣れない帝国プロレスのファンは興奮している。

その間、魔矢は控室出口の前で目立たぬように見物していた。新調の黒いビニール地のジャンパーは腕に抱えたままだ。背に入っている、赤いハートに金色の剣と矢が刺さった刺繍《ししゅう》は、悪役ぶりを強調するために誂《あつら》えたものだ。

だが、他の選手の試合中には着ないことにしている。リングから観客の関心を奪う行為は避けねばならない。

試合が一五分を過ぎた頃、江戸千夏の反撃が始まった。子分の肥満男をぶっ倒して場外に転がし、ムーサの肥満体にラリアットやキックを決めて何度もダウンさせ、最後は「怒りの椅子攻撃」。パイプ椅子でムーサの頭を叩いてぶちのめし、フォールを取った。その間、飛騨雪枝と美濃秋乃の江戸軍団がムーサの子分の肥満男をリングサイドで押さえていた。

試合が終わると「帝国プロレス」の係員が飛び出して来て、

「国際プロレス協会会長のゴンザレス氏より、江戸千夏選手に世界女子選手権者の認定書とベルトが贈られます」

と宣言した。そして、それらしい外国人がリングに上がると、きらびやかなベルトを掲げてみせた。

その瞬間、魔矢が大声を上げ、黒いジャンパーを羽織るとリングに突進した。

「何だ、何だ」と、驚きのざわめきが起こる。それには振り向かず、魔矢はリングに突進、件《くだん》の外国人からベルトをひったくった。

「おい、千夏！　ムーサ大鐘に勝ったぐらいで世界選手権者とは笑わせるよ。世界選手権者を名乗るんなら、この私に勝ってからにせえ」

魔矢はマイクを摑《つか》んで叫んだ。やや遅れて出てきた山手巡が、

「魔矢、待て！　ここは国際さんのリングだぞ」

と慌てている。

「女の戦いに男が口出しするな」

と魔矢は叫んだ。

「こら、鬼剣魔矢。お前は今年、もう二回も負けてるじゃねぇか、オレに。まだ文句あるのか」

江戸千夏はテレビにも出ているだけに、雄弁で間合いも上手だ。男っぽさで女性ファンの多い善玉の千夏は、言葉も動きも男っぽい。一人称は「オレ」だ。

「二回？　ふん、あれは勝ち負けなしの試合だ。去年の後楽園では私がお前からフォール取ってんだ。今度こそ最終決着、真剣勝負でやってやる。そして、負けたほうが髪の毛を切るんだ、リングの上で」

魔矢は自分の長い髪の毛を搔《か》き上げてみせて叫んだ。

「いい度胸じゃないか。女が髪の毛を賭《か》けるとはな」

千夏は魔矢の髪を摑んで観客に訴える。客席は一瞬静まり、やがて「やれ！　やれ！」の叫び声が響く。

「みんな、聞いたか。私と千夏が髪の毛を賭けて真剣勝負をやる。負けたらその場で、この後楽園のリングの上でだ、丸坊主になる、その覚悟で戦うんだ」

「おい、待てよ。オレはまだ髪の毛賭けるなんていってないぞ。二連敗してるお前が勝手に決めることじゃないぞ。馬鹿」

「何だ、千夏。怖じ気づいたのか。真剣勝負になったら自信ないんだろ。それならここで土下座しろよ。参りました、魔矢様の闘志には敵《かな》いません、とな」

魔矢は観客席を見回しながら叫んだ。

「何をぬかす、それならやってやるよ。お前の髪なんか欲しくないけどな、懲《こ》らしめるために。十二月の後楽園は髪切りマッチだ」

観客席はどっと沸いた。リングの角にいる山手巡が慌てて飛び出して来て、「待て待て、二人とも」と分けて入ろうとするが、大柄な千夏が、

「口出しするな、女の戦いだよ、これは」

と叫んで押し倒す。山手は派手に尻餅《しりもち》をついて倒れる。

その間に、江戸千夏と鬼剣魔矢は互いの髪の毛を摑みあって睨《にら》み合っていた。

立ち直った山手巡はマイクを摑んで叫んだ。

「みなさん、お聞きの通り、十二月二十一日の女子格闘ユニバーシティのメインイベントは、

江戸千夏対鬼剣魔矢の敗者髪切りマッチと決定しました」

そして、魔矢の方に顎《あご》をしゃくった。魔矢が再び叫んだ。

「江戸千夏ファンの奴らは、大きなハンカチを用意して来たほうがいいよ。千夏が丸坊主にされるからな、涙を拭くのに大きなハンカチがいるぞ」

これは魔矢の即興だった。我ながら巧い台詞を思い付いたと思った。観客からも歓声が上がった。

魔矢が控室に戻るとすぐ山手が来て、

「魔矢、すぐに帰れ。これから千夏が記者会見するからな、お前がいてはまずい。お前の会見は別途考えるからな」

と早口で指示する。

「それなら、これで帰るよ」

魔矢はそう言い残すと、手提げ袋にジャンパーを押し込んで控室を出た。そして裏階段から外に出た。

リングでは今日のメインイベント、ミドル級世界選手権試合が始まったばかり。途中退席者もいない。

3

次の日、魔矢は電話で目が覚めた。掛けてきたのは山手巡。

「今日はマスコミが来るから、お前は道場に来ないほうがいいよ。まず千夏のほうを存分に取材させるから」

「いいよ、それならそれで。私も用事があるから」

と魔矢は応えたが、本当はすることもない。

それで、この前から気になっている神田のおばさんの娘を訪ねてみよう、という気になった。

この前、神田のおばさんの携帯から書き写した電話番号を見て、勤務先と思われる○四五の番号に電話してみた。

「はい。横浜医療センターです」という交換手の声。

「神田康美さんはおられますか、看護師の」

と魔矢は尋ねたが、

「何科でしょうか」

と問い返されて答えに詰まった。

「何科かわからないけど。高校の同窓会の連絡で」

と言ってみた。交換手は親切にも「しばらくお待ちくださいと言って数分後、

「神田康美さんは第二内科です。看護師詰所に繫《つな》ぎます」

と言ってくれた。

魔矢は急にドキドキし始め、本人が電話に出たらどうしようかと考えた。

だが、三〇秒ほど待たされたあとに出てきた相手は、

「神田さんは今日はお休みです。昨日当直だったから」

と応えた。そしてさらに、「うちでは看護師はみな一勤一直一休のローテーションですからね」と教えてくれた。

「それって、どういうことですか」

「一日は平常勤務、次の日は宿直で二日連続。そして次の日が休みのサイクルなんですよ」

「ずいぶん激務なんですね」

「病院も、民営は厳しいんですよ。宿直明けだって午後五時までビッシリですから」

そして、なぜかおかしそうに笑った。同窓会を開くなら宿直の日とその翌日は避けたほうがよい、というアドバイスだろう。


朝飯をインスタント・ラーメンで済ますと部屋の掃除をし、公園で体操とランニングをした。午後は「髪切りマッチ」のことをぼんやりと考え、何度も鏡を見た。長くて真っすぐな黒髪は魔矢の自慢だ。

かつて茶色にしたこともあるが、ファンの青年から「魔矢さんは黒髪がいい」と言われて元に戻した。

これを切るのは厭だな、という思いが募《つの》った。

そして、

「絶対に勝つぞ」

と声を出して誓った。

4

その日、魔矢は早めに川崎のスナックに向かった。途中の駅でスポーツ新聞を買おうかとも思ったが、自分の記事を見ている姿を他人に見られたくないので止めた。

ところが、スナックに入ると、すでに可奈子ママも真人も出ていて、カウンターでスポーツ新聞を拡げて見ている。

「麻耶ちゃん、すごいね。髪切りマッチ」

ママの可奈子がいった。真人は、

「その髪の毛、切っちゃうのか」

と、残念そうな顔で呟いた。

「私は切らないよ。切るのは千夏のほうだ」

魔矢は不機嫌に応じた。

「へえ、江戸千夏が坊主になるのかね、そりゃ事件だ」

真人が大げさにのけ反ってみせた。

「どっちが勝つか、やってみなきゃわからないだろ、真剣勝負なんだから」

魔矢はふくれっ面でカウンターを離れ、テーブルを拭いて回った。それを合図のように、可奈子ママもスポーツ新聞をカウンターの下に押し込んだ。

この店では木崎麻耶がプロレスラー鬼剣魔矢であることも、可奈子ママが元女子プロレスラー「クレージーホース火奈子」であったことも、明かしていない。

「プロレス時代のファンが集まると、一般のお客が引いてしまって先細りになるから」というのが可奈子ママの言い分だが、実際はこの店のオーナーで可奈子ママの同居人でもある医師が「女房の昔のファンに来られたくない」ということのようだ。

実は、初老のその医師も熱心なプロレス・ファンだったらしいが。

それでも可奈子ママは、ときどきスポーツ新聞やプロレス雑誌を見ている。当然、身近にいる鬼剣魔矢の髪切りマッチは興味深いはずだ。

もちろん、魔矢にしても、昨夜のことがどう書かれているかは気になる。掃除も早々にカウンターに戻ると、ママが畳んだ新聞を引き出して見た。プロレスには一番詳しい「帝都スポーツ」だ。

「江戸千夏vs鬼剣魔矢―髪切りマッチ」

という大きな横見出しが一面に載っている。

「格闘ユニバーシティは、十二月二十一日に開催する後楽園大会のメインイベント、江戸千夏対鬼剣魔矢の世界選手権試合を『敗者髪切りマッチにする』と発表した」

という柱書きに続いて、「魔矢が突然の挑戦！　千夏、敢然《かんぜん》と受ける！」という二本の縦見出しで、昨日の帝国プロレス会場での様子が伝えられている。そこには、互いに髪の毛を摑み合った千夏と魔矢の写真も付いている。千夏は試合直後の白い水着姿、魔矢は黒いビニールレザーのジャンパー。

千夏は短く刈り上げた淡色の髪で、魔矢は長い黒髪。身長差一五センチ、体重差二五キロだが、小柄な魔矢が悪役なことがわかる図柄だ。

「なるほど、こう写るのか」

魔矢はそう思いながら写真を眺めていたが、「関連記事五面」とある。ページを繰ると、一層派手な活字と写真が躍っている。

「千夏宣言！　〝徹底的に懲《こ》らしめる━剃刀を送ってくれ、ツルツルに剃《そ》りあげてやる」

「魔矢忠告！　〝千夏ファンは涙を拭くのに大きなハンカチがいるぞ〟」

という派手な横見出しが並び、続いて江戸千夏のインタビュー記事と二段分の千夏の写真だ。腰には世界選手権者のベルトを巻き、髪は乱れ、顔には汗が流れている。眉墨《まゆずみ》と口紅はインタビュー直前に塗り直したのか、濃い。

「今年になってから二度もオレに負けた鬼剣魔矢が、髪切りマッチを挑戦するとは無法を通り越して不遜《ふそん》だよ。今度こそ徹底的に懲らしめてやる。バリカンで髪を切るだけじゃないよ、剃刀でツルツルに剃ってやるさ。プロレス・ファンの諸君は剃刀を送ってくれ。リングで魔矢の頭を剃るのに使うから。お礼に魔矢の髪の毛を一房ずつ差し上げるよ」

そしてその後には、「魔矢は逃亡？　インタビューに姿見せず」という小見出しがある。

「帝国プロレスの会場で江戸千夏に髪切りマッチを挑戦した鬼剣魔矢は、インタビュー会場には現れず、その後も連絡がない。必勝の秘策を練っているのか、出場予定の今月八日の帝国プロレス大阪大会が注目される」

ははあ、山手の奴、私にすぐ帰れといったのはこのためか。帝国プロレスにも顔を立てたんだな、と思った。

「いらっしゃいませ」

可奈子ママと真人の声で鬼剣魔矢は我に返った。この日最初の客は三人連れの常連さん、近くの電気工事会社の連中だ。

魔矢は慌てて新聞を畳み、いつもの焼酎割りを配った。

続いて男女ペアと男二人がカウンターに並んだ。さすがに昨日から十二月、好調な出だしだが、プロレスを話題にする客はいない。

やがて常連客が出て行き、隅のボックス席を若い男女五人組が占拠、シャンペンと赤ワインを開けて大騒ぎを始めた。この若者たちもプロレスには関心がないらしい。

5章 禁じ手の必殺技

1

翌十二月三日の火曜日の午後、鬼剣魔矢は横浜のジムに行った。

「魔矢ちゃん凄いね。髪切りマッチとは」

ここでも店長が顔を見るなりそういった。

「私もプロレスラーだからね。やるとなったらとことんやるよ」

魔矢はそんな言葉で話を濁した。

「それより、何か新しい技を教えてよ」

「冗談じゃない、僕はトレーニング専門だから、プロレスの技なんか教えられないよ。まあ、教えられるとしたら重量挙げのやり方くらいかな。重い選手でも、担ぎ上げることができるようになるかも」

「あ、いいね。教えて教えて」

魔矢が店長に重量挙げのこつを教えてもらっていると、日暮里子もやって来た。

里子のトレーニングも、最近は熱が入っている。ランニング・マシーンの速度を上げ、腕のマシーン三〇回セットを三セットも繰り返す。そして、

「自分は後楽園で、セミ・ファイナルにカルメン・ロメロとタッグで飛騨、美濃の善玉コンビとやるんですよ。山手さんはカルメンもうちの所属選手にしたい、と言ってました」

と言った。

カルメン・ロメロは日本在住のメキシコ人選手、巨乳で太り気味だがメキシコ流の飛び跳ねる格闘技ルチャの技はさすがだ。

「山手の奴、調子に乗りやがって」と魔矢は思った。所属選手を増やせば、当然、その分のお金が掛かる。山手はよほど強気になっているのだろうか。

三時間のトレーニングが終わって着替えを済ますと、日暮里子が、

「これ、山手さんからの手紙です」

と言って薄い封書を渡した。

「魔矢。君とは連絡が取れないことにしてるから、夜八時以降に携帯に連絡をくれ」

というメモが入っていた。

「山手の奴、見え見えの小細工をするんだなあ」

と魔矢は思ったが、（ま、世の中には見え見えの小細工が多いんだろうな。政治家も官僚も芸能人も）と思うことにした。

この夜、魔矢は里子と焼肉をたっぷりと食べ、その後で山手巡に電話をした。

「あ、魔矢か。よく電話してくれた。反響が凄くてな、迂闊《うかつ》に動けないんだ」

山手は興奮気味に言ってから、

「まだまだやるからね、俺は」

と威張《いば》ってみせた。そして、

「実はな……、お前、弁護士を知らないかな。髪切りマッチの特別ルールを作るのに『ルール委員会』というのを開きたいんだよ。議長は格闘技評論家の峯岸大鉄《みねぎしだいてつ》さん、委員には帝国プロレスの常任レフリーの清水伸二《しみずしんじ》さんを入れる。で、もう一人、格闘技に関係ないルールの専門家みたいなのを入れたいんだな。それにはやっぱり弁護士がいいと思うんだ。ただ、弁護士なんて知らないものだからさ」

　山手は自分のアイデアに興奮したようにしゃべりまくった。

「私も弁護士さんなんか知らないよ。結婚も離婚もしたことないんだから」

　魔矢はそう言ってから、

「山手さんは大学出てんだから、同窓生で知り合いがいるでしょ」

とからかってみた。

「いや、俺は芸術学部だからな、弁護士になった友達はいないな」

と山手が真面目に応えた。頭を掻く音が聞こえるような口調だ。

「私だって」

　魔矢はそこまで言って、神田のおばさんの携帯に「吉村務法律事務所」の番号があったのを思い出した。

「ま、心当たりがないでもないから、聞いてみるよ」

と言った。心地よい優越感だ。

「頼むよ。弁護士さんには少々のお礼は出すからさ」

山手は低姿勢だ。

翌日の水曜日。魔矢は夜のスナックまで予定がない。まず部屋の片付けと洗濯をして、昼過ぎに武州銀行相模支店の用務員控室を覗いた。

昼食休みのあとで、神田のおばさんはＡＴＭルームの掃除に出ているのだろう、不在だったが、運転手の田畑が部屋にいた。そして、魔矢の顔を見ると、

「魔矢ちゃんの闘志って凄いねえ。俺もがんばって来年は正社員にならなくっちゃ」

と話しかけた。

「ありがとう」

その時、庶務主任の小男が「支店長がお出かけだよ」と呼びに来たので、田畑との会話は途切れた。

田畑が出てしまうと、用務員控室は無人だ。神田のおばさんはＡＴＭルームの掃除に出ているし、守衛の老人も、裏口に立って支店長を送り出す姿勢をとっている。

ここには大事な物も秘密の書類もない。それでも魔矢には見たいものがある。神田のおばさんの携帯電話だ。それは目の前に手提げに入っている。魔矢は急いで神田のおばさんの携帯を引き出し、名簿のや行を開いた。

まず「八百善」、次が「康美」、三つ下に「湯山」の名で〇四三で始まる番号と〇九〇の携帯、その次には〇四六で始まる番号と〇八〇の携帯、そしてその二つ下に「吉村務法律事務

所」。魔矢が前に覚えたのは「康美」だけだが、今度は「湯山」の四つも「吉村務法律事務所」も書き写した。緊張はしたが、罪悪感はそれほど覚えなかった。

神田のおばさんがATMルームの清掃を終えて戻って来たのは、その一〇分ほど後。

「魔矢さん、髪切りマッチとは凄いね。やるからにゃ勝つんだよ。応援してるからね」

と言って、魔矢の背中をドスンと叩いた。身体が前につんのめるほどの力強い励ましだ。おばさんまで、髪切りマッチのことを知っているらしい。

「そら、私も勝つつもりだよ」

と魔矢は応えた。そして早々に引きあげた。今日は「吉村務法律事務所」の電話番号を知れば、来た目的は達成である。


魔矢は武州銀行を出て一〇〇メートルほど行ったところで、「吉村務法律事務所」に携帯から電話をした。

「はい、吉村務法律事務所です」

呼出し音三回で、若々しい女の声がした。

「私、木崎という者ですが、神田明子さんから紹介されたんですけど」

魔矢は緊張しながら言った。

「神田さんですね。少々お待ちください」

一〇秒ほどの沈黙の末、男の声で、

「ああ、わかりました、娘さんとご一緒に来られた方ですね」

と応じた。取次ぎの不備で「神田」が電話していると受け取られたのだろうか。

「は、はい。私はその知り合いの者なんですが、先生に相談したいことがあって」

「いいですよ。ちょうど今日なら空いてますが、事務所に来てくれますか」

「はい、伺います、先生の事務所の場所を教えていただけますか」

鬼剣魔矢が聞き出した吉村務法律事務所の場所は、横浜駅に近い雑居ビルの四階。魔矢が通うトレーニング・ジムの近くだ。

これなら、山手の奴に「何でこんなところを知ってたんだ」と詮索《せんさく》されることもあるまい、と魔矢は思った。

その日の午後三時、鬼剣魔矢は「吉村務法律事務所」のドアを開けた。ドアには三人の弁護士の名が書かれていたが、室内に並ぶデスクは六つ。受付の女性を含めても五、六人の小さな事務所だ。

弁護士事務所に来たことなんて初めてだし、本当ならこんな面倒なことはしたくない。第一緊張してしまって嫌なのだが、それでもここまでするのは、大学出の山手の鼻を明かしたいという一念からだった。

魔矢は曇りガラス囲いの個室に通され、白髪の老人から「弁護士」の肩書のある「吉村務」の名刺を渡された。

そしてすぐに、

「ご用件はなんでしょう。依頼人の秘密は守るから、何でもいってください」

と促《うなが》された。

「実は私、女子プロレスラーで、今度の試合で特別ルールを作ることになったんです。それで、誰か法律家の先生にそのルール作りの委員になっていただきたいと思いまして」

魔矢が震える声でそこまで言うと、吉村弁護士は笑顔を浮かべて大声で言った。

「それなら、中野《なかの》君がいい。うちに中野善男《よしお》という弁護士がいましてね、これが中央大学のレスリング部の出身なんです。大のプロレス・ファンです。毎月後楽園に行ってますからね」

と言うと、大声で、

「おーい、中野くん」

と呼びつけた。大声を出せば事務所中に聞こえる程度の広さなのだ。

呼ばれてガラス囲いの中に来た中野弁護士は四〇歳前後、小柄ながらもがっちりとした体格に短髪刈り。いかにも体育会系の風貌だ。

中野弁護士は、魔矢をチラリと見てから、吉村弁護士の話を聞いた。

そして、吉村弁護士の話が終わると大きく頷《うなず》いた。

「鬼剣魔矢さんですね。リングで見るのと違って、小柄で優しい顔だちですね。僕、あなたの試合を見たことがありますよ、今年の春。後楽園ホールで、権藤組の大会に出たでしょ」

「四月の権藤組といえば、権藤小百合とやった試合ですね」

魔矢はそう問い返した。あまり覚えていてほしくない試合だ。

魔矢は一年に、約四〇試合する。その内容は大抵覚えている。地方興行だと、その地の景色や食べ物は忘れても、やった試合は思い出せる。

四月の権藤組興行での試合は、「女子大生レスラー」で売り出している「むすめド権藤」こと権藤小百合の人気を高めるために仕組まれたものだった。

悪役の鬼剣魔矢が凶器のチェーンで権藤小百合をいたぶり、それに怒った小百合の母親で元花形女子プロレスラーのマッキー斉藤が乱入、鬼剣魔矢をバックドロップの一〇連発でダウンさせた。魔矢が無抵抗で投げやすいとはいえ、観客を沸かすに十分な高さと速度の連発だった。娘可愛さに六〇歳を過ぎた元花形女子レスラーが登場したのに観客は大喜び、魔矢が伸びた恰好をすると、娘の権藤小百合がチェーンを振るって反撃、観客の喝采《かっさい》を浴びた。

ところが、レフリーの雲路《くもじ》みつるは権藤小百合の「反則負け」を宣言した。雲路みつるは悪役贔屓のレフリーで売っているのだ。

「反則勝ち」を得てフラフラの体で引きあげる魔矢は会場中からブーイングを浴びた。あれだけバックドロップを食らっていたのに「勝ち」ということになったのだから、客席が納得しなかったのも当然だろう。

「今度はあんなんじゃなくて、真剣勝負なんです。だからしっかりルール作りもしていただきたいんです」

魔矢は真剣な表情で頼んだ。

「面白そうですね。いいですよ」

中野弁護士はにっこり笑ってそう言った。

早速、その場で山手に電話をして、状況を説明した。

「それはありがたい。凄いな、魔矢。人脈があるなあ。で、ちょっと急なんだが、明後日午後三時でどうかな。中野先生に頼んでくれ。なにしろもう二週間とちょっとしかないからさ、忙しいんだよ。その間にルールを決めて発表して、マスコミで盛り上げるんだから」

「いいよ。今、先生に聞いてみるから。厳正公平な真剣勝負のルールだよね」

魔矢はそう念を押して、中野弁護士の金曜の時間を予約した。

2

魔矢は、その日、スナック「可奈子」もほどほどに、早目に新横浜のアパートに帰った。そして今日知った新情報のあれこれを考えてみた。

まずは、今日の弁護士だ。魔矢は「神田明子さんの紹介で」と言っただけなのに、取次ぎで出た男性は「娘さんと一緒に来られた方ですね」と言った。

――あれは所長の吉村務だったに違いない。神田のおばさんは、看護師の娘を連れて弁護士の所へ行ったことがあるらしい。どんな用件なのかな。

と魔矢は考えた。

次は、おばさんの電話名簿に並んだ「湯山」の名と四つの電話番号のことだ。

おばさんの電話名簿に携帯の番号が二つ載っていたから、やり手の銀行マンである湯山は二台の携帯を操っていたのだと思ったが、刑事が見せた湯山の遺留品の写真では、携帯はひとつだけだった。

では、もう一台はどこに行ったのか。

そう考えると、固定電話のほうもおかしいのに気づいた。最初に出ている方は武州銀行相模支店の代表電話と同じ局番だから、恐らく次長席の直通だろう。そしてもう一つは自宅の電話だと考えていた。

しかし、神田が「自分（湯山次長）が住んでる世田谷のマンション」と言っていたのを思い出した。世田谷なら東京都二十三区だから、固定電話の局番は〇三で始まるはずだ。

だが、魔矢が書き写した固定電話の局番は〇四三、神奈川県の番号だ。

そこまで考えた時、魔矢はずしんと衝撃を感じた。

ここにある湯山は二人、別人なんだ。死んだ湯山次長とは別の湯山姓の人がいる。勤め先か自宅が〇四三の局番で、〇八〇で始まる携帯電話をもつもう一人の湯山……。

そう考えていて、はっと閃いた。

もう一人の湯山は、湯山次長の次男、医者をしているという息子ではないだろうか。

神田のおばさんの娘は看護師だから、医者をしている湯山の息子と、何らかの接点があるのではないか。そして、神田のおばさんも電話を掛けることができるくらい親しくなった。

「明日、これを確かめてやろう」と決めて、魔矢は布団に入った。

翌十二月五日、魔矢は九時過ぎに起きた。冷蔵庫の残りで朝飯を済ませた魔矢は、早速「湯山」の二つ目の固定電話、〇四三に始まる番号に電話してみた。

信号音が一〇回ほどして「ハイハイ」という女性の声がしたので、魔矢はどぎまぎした。この前の横浜医療センターも昨日の吉村務法律事務所も向こうから名乗ってくれたが、今度はそうではない。

「あのー、病院ですよね」

魔矢は当てずっぽうで尋ねてみた。

「そうですよ、岩切《いわきり》病院ですすが」

相手の女性は、戸惑うでも怪しむでもなく素直に答えた。そこで魔矢は思い切っていってみた。

「湯山先生はおられますか」

「あのう、どちら様ですか」

「湯山先生の高校の同級生ですけど、同窓会の案内で」

魔矢は、神田のおばさんの娘が勤める病院に電話した時と同じ口実を使った。

「ああ、そうですか。残念ながら湯山義明先生は先月末で退職になりました。アメリカに研究に行かれるそうで」

と相手は答えた。決して好意的な声色ではない。

「へえ、そうなんですか」

魔矢の声は掠《かす》れたが、それでも思い切って尋ねた。

「お宅の病院の場所はどこですか」

「相模原駅から少し北に行った方ですが」

魔矢は「ありがとうございました」と礼をいって電話を切った。

大体の場所と病院の名、そして電話番号がわかれば、カーナビでも場所は探せる。

それよりも、「湯山先生は退職、アメリカへ研究に行く」という今耳にしたばかりの情報が気になる。

前に神田のおばさんが言った言葉が思い出された。

「娘は恋人がいるのよ」「近くアメリカに行くかも」「恋人がいる、だからよ」……

鬼剣魔矢は、神田のおばさんの娘康美と湯山次長の次男である湯山義明医師という、まだ見たこともない二人のことを考え続けていた。

二人が恋人同士であったとすれば、これまでの話は筋道が通る。特に神田のおばさんが「湯山次長は素寒貧だったのよ」と嬉しそうにいい、「これで次男の医者も踏ん切れたんじゃないかな」と言ったのが思い出される。

上野みどりの「湯山次長は『次男が医者だから結婚相手は病院長の娘でなくちゃあ』なんていってた」という発言も思い出した。

「いささか危うい金融もやっていた勘定高い銀行員の父親の反対を押し切って、清掃員の娘の看護師と結婚しようする医師……映画のようにロマンチックな話だな」

魔矢はそんな空想に耽《ふけ》った。そして、とにかくその病院を見てみよう、という気になった。


翌金曜日、魔矢は相模原駅に行き、タクシーに乗って「岩切病院」と行き先を告げた。

「お客さん、住所わかりますか」

年配の運転手がそう尋ねたところをみると、そんなに大きな病院ではないらしい。

「住所はわからないけど電話番号なら」

と魔矢は告げた。運転手はそれをカーナビに打ち込んで走り出した。一〇分ほどで、タクシーは「岩切病院」という看板の付いた三階建てのビルの前で止まった。

「何だ、この程度か」魔矢はそんな感じがしたが、すぐ隣りに白い板囲いがあり、「岩切病院新館建設予定地」と表示されているのに気が付いた。かなり広そうだ。

「へえ、これができれば病院の大きさは三倍以上になるな」

魔矢はそう思いながら、板囲いの前を往復した。そして板囲いに掲げられた表示に「建設業者マトモ建設」とあるのに気づいた。

「マトモ建設もまだ頑張ってるんだ」

魔矢は何だか安心して、相模原駅までの一〇キロを走って戻った。タクシー代の倹約と体力づくりのトレーニングのためだ。

3

その日（十二月六日金曜日）、鬼剣魔矢は山手巡と午後二時半に、横浜駅前で待ち合わせた。吉村務法律事務所までは歩いても一〇分はかからないのに、山手は三〇分も前を指定したのだ。

昼食を近所のスナックで済ませた魔矢が二、三分遅れて横浜駅にいくと、大きな包みを抱えた山手がすでに待っていた。かなりの興奮状態だ。

「うまく行けば、明日特別ルール会議を開いて、日曜の帝国プロレス大阪大会で発表する。情報を途切れなく小出しにするのが宣伝のコツなんだ。芸術学部ではそんなことも習うんだよ」

山手がそんなことを言ったのは、弁護士に知り合いがいなかった言い訳だろう。

「吉村務法律事務所」に着いたのは二時四〇分。「少々早めですが」というと、所長の吉村と一昨日の中野がすぐに出て来て、ガラス囲いの中に案内してくれた。

「この度はまた変わったお願いで」山手はそう切り出したが、その後は長々と「女子プロレスの歴史」をしゃべった。

「日本で女子プロレスが始まったのは終戦直後、力道山《りきどうざん》のプロレス・ブームに乗ってのことだったんですが、それを本当に育てたのが松山隆司氏の『オール日本女子プロレス』です。二五年前に現在の『格闘ユニバーシティ』などの前身となる『国際女子プロレス』ができるまでは

『オール日本女子』が唯一の女子プロレス団体だったんです」

　山手は用意してきた分厚い資料集を見せながら、得意気にしゃべった。二人の弁護士も興味があるのか暇なのか、熱心に聞いている。

「男子と違って女子の『髪切りマッチ』は、世界でも滅多にありません。何しろ『髪は女の命』というほどですからね」

　山手の長い来歴話はこれを言うためだった。

「へえ、髪切りマッチって、昔、あったんですか」

　中野善男弁護士が目を見張って言った。

「ええ、ありました。僕が大学に入った年だから二十四年前です。これがその時の記事です、『格闘技新世界』という雑誌の。国会図書館でコピーしてきたんですよ。あそこはすべて出版物を保存してるから」

　山手はファイルを開いて見せた。カラー記事を白黒でコピーしたらしく色目はぼやけている。二十四年前、高度成長真っ最中の日本ではスポーツ雑誌も多様で紙質も良かった。女子プロレスにもカラー四頁が割《さ》かれていたのだ。

「へえ、マッキー斉藤対アキ津南《つなみ》ですか。どっちもなかなか綺麗な子だな」

　初老の吉村弁護士が写真を眺めて呟くと、資料ファイルを中野弁護士に順送りした。

「そうですね、でも木崎さんも綺麗ですよ。ちっちゃくて細くて、普通にしてればプロレスラーには見えないですよ」

中野は資料の写真と魔矢の顔を見比べながら、そんなことを言った。

「それで、これがその時の試合のルールなんですが」

山手が腰を浮かせて、雑誌のコピーの左下を指さした。

「①時間無制限一本勝負　②リングアウトなし、反則負けなし　③勝敗はスリーカウントのフォール、ギブアップ、気絶または重大な負傷の場合のみ、ですか」

中野弁護士はその部分を声に出して読むと、満足気に頷いた。それを見て山手は、テーブルの上に身を乗り出した。

「この時は善玉悪役がはっきりしてなくてですね。このマッキー斉藤とアキ津南というのは当時の女子プロレス界の二大スターで、二人で『さわやかペア』というのを組んでたこともあるんですよ」

「ま、背格好も似てるわな」

と吉村弁護士が呟いた。段々に興味が出てきたらしい。

「ええ、マッキー斉藤が一六七センチ・一五〇ポンド、アキ津南が一六四センチ・一四五ポンドです。まあ六三キロから六七キロといったところですかね。

そんなわけで、この試合の場合はどっちが勝つかわからないところがありましてね。

当時の巷《ちまた》の評判では、七対三でマッキー斉藤が勝つ、だったんですけどね。何しろ、マッキー斉藤といえば、女子プロレスの歴史に残る大スターですよ」

「思い出しましたよ、そういえば」

と中野弁護士が大声を上げた。

「十五年くらい前までやってましたよね、マッキー斉藤。権藤健太の奥さんでママさんレスラーでした。一昨日言ってた四月の鬼剣魔矢さんの試合にも出て来た、権藤ママだ」

「先生もなかなか詳しいですね」

山手は満足気に続けた。

「ところが、今回の試合は全然違っていまして、善玉悪役がハッキリしてるんですね。予定している対戦カードは江戸千夏対鬼剣魔矢」

そう言って山手は、持参したポスターを拡げてみせた。魔矢もはじめて見る出来立てだ。

左半分は赤い背景に白いガウンを羽織った江戸千夏。右は青いバックに黒いジャンパー姿の鬼剣魔矢。褐色の短髪で丸顔の千夏は腰に世界選手権者のベルトを巻き、左手に王冠を抱えている。対する魔矢は黒い長髪で、手に鎖を握って差し上げている。誰が見ても善悪正邪がわかる図柄だ。

二人の写真の上には「完全決着！　髪切りマッチ」の大文字が、下には当日出場する他の選手一二人の小さな顔写真が並ぶ。千夏のほうには飛驒雪枝、美濃秋乃、北国女子プロレスのスター北園ひかるや長岡桃子。魔矢のほうには日暮里子やムーサ大鐘、メキシカンのカルメン・ロメロらだ。

「何だ、こんなの作っていたのか、私に黙って」

魔矢は不満面をしたが、内心では（よくできている。会場を盛り上げるにはこれぐらいはっきりしているほうがいいだろう）と思っていた。

「なるほど……」

女子プロレスには興味も知識もないはずの吉村弁護士も、興味津々の様子でポスターを眺め、

「今度は随分体格が違うんですな」

と指摘した。

「そうなんですよ」

山手が大きく頷きながら応えた。

「だから、ルールのほうも前より過激にしたいんです。例えば、『凶器の使用自由』とか『悪質な妨害をしたセコンドは逮捕する』とか、とにかく凄いことになりそうな文句を入れたいですね」

山手はポケットから紙を取り出すと、それを見ながらしゃべった。

「へえ、それは凄い。男子でもないですよ、そんな過激ルール」

プロレス・ファンの中野弁護士はうれしそうに言ったが、そうではない吉村弁護士は、

「いやあ、われわれとしては『凶器』だの『逮捕』だのという言葉は許容できないな」

と白髪頭を振って苦笑した。プロレスの世界の常識は、世間には通じないらしい。

「そうですかあ」

山手はがっかりした表情で顔を下げた。思わず魔矢は、自分が助け舟を出してやらなくち

ゃ、と思いしゃべりだした。

「まず私の代理人がすごく乱暴な案を出すから、先生たちが『これは許せん』といって表現を変えていただく、世間でも通用するように。それで私のほうも仕方なく呑《の》む、というのだったらどうですか……」

「そりゃいい、それは面白い」

と叫んだのはプロレス・ファンの中野弁護士だ。それに勇気付けられてか、山手も、

「いやいや、実は自分もそんなことを考えてたんですがね」

と言いだした。

その後、細かな打ち合わせをしたあと、「明日土曜日の午後一時に後楽園ホテルで『ルール会議』を開くので、出席してください」と中野弁護士に頼んで、魔矢と山手は吉村務法律事務所を出た。

午後四時を回っていた。

「どうだ、これでまたマスコミの材料ができただろう」

事務所を出るとすぐ山手が威張り出した。そして、

「疲れたな、お茶でも飲んでかえろう」と誘った。

二人は横浜駅前のファミリーレストランに入り、コーヒーとパンケーキを頼んだ。魔矢はすぐに尋ねた。

「前回の髪切りマッチだけど、マッキー斉藤とアキ津南のどっちが勝ったの」

当時十歳だった魔矢は、この試合のことを父が熱心にしゃべっていたのは覚えているが、残念なことに勝敗を覚えていなかった。

「どっちだと思う」

山手は思わせぶりな笑顔で言った。

「普通に考えるとマッキー斉藤だよね。スターだったし、その後もずっとやってたんだから」

山手はそれを聞くと得意気に首を振り、改めて資料のファイルを拡げ出した。

「そう思うのが普通だよな。だが、三八分三〇秒の激戦の末に、アキ津南が勝ったんだ。これを見ろ、マッキーが髪を切られてる写真だよ」

魔矢はつくづくとその写真を見た。

リングの上に置かれた椅子に座り、目を閉じて涙を浮かべているマッキー斉藤。後ろから初老の男がハサミをマッキーの髪に差し込んでいる。写真説明には、「マッキー斉藤の髪を切る松山隆司オール日本女子プロレス会長」と記されている。その表情は深刻そのもの、あるいは想定外だったのかも知れない。

その写真の右上には、勝利者賞のトロフィを捧げ持つアキ津南の全身写真が出ているが、マッキーの髪切り写真よりもずっと小さい。その時のニュースバリューがよくわかる。

どうやら大番狂わせだったみたいだな、と魔矢は思った。そして、今度もそうしてやりたいと考えた。

だが、山手はもっと事務的な話を急いだ。

「なあ魔矢。さっきのお前の代理人のアイデア、早く決めないといかんよな。ムーサ大鐘にするか。あいつなら凶器の使用やセコンドの乱入も常習だから、相当過激な案を出してもおかしくない」

「ふん、私の代理人がムーサ大鐘じゃ面白くもなんともないよ」

魔矢はふくれっ面をして、

「それなら、雲路レフリーがいいよ」

と言ってみた。

雲路みのるは、四月の権藤小百合との試合で魔矢を反則勝ちにして観客のブーイングを浴びた「悪役贔屓のレフリー」だ。権藤組に所属している。

「なるほど。雲路さんか。あの人は国際プロレス協会の公認レフリーだから、ルール会議に出てもおかしくないな」

山手はそう言うと、すぐに携帯電話を掛けた。

だが、三〇回ほども呼び出したのに電話は繋がらない。

「困った、時間がないのに」

「じゃ、私が『権藤組』の事務所に頼みに行ってやるよ」

と魔矢は言った。そのついでに、権藤ママことマッキー斉藤から、髪切りマッチの詳細を聞き出したいと思ったからだ。

「そうか、魔矢が行ってくれるか。俺はいろいろ準備で忙しいからな」

山手は安堵《あんど》した表情で返事をした。

4

山手と別れた魔矢は、相模原市の「権藤道場」を訪ねた。

「権藤組」は男子プロレスで「帝国プロレス」と人気を二分する老舗《しにせ》だが、最近は女子の試合も交えて一層盛り上がっている。ここの経営者は、スター選手だった権藤健太とその夫人で元女子チャンピオンのマッキー斉藤。

二人の間に生まれた長女の権藤小百合が、「女子大生レスラー」として最近大人気。各興行には権藤小百合絡みの試合を必ず入れる。小柄で細面で悪役の鬼剣魔矢は、がっちり型で丸顔の権藤小百合とは好対照のせいか、すでに三回も呼ばれている。異なる団体同士で選手を呼んだり呼ばれたり、ということはしばしばある。

「権藤道場」は、ＪＲ横浜線と国道一六号線の間に道場を構えている。魔矢たちが借りている「帝国プロレス」の南多摩の道場よりも広い。入り口脇に事務所があり、二階には若手選手の寮がある。

「権藤ママおられますか」

魔矢が入り口左の事務所に声を掛けるとすぐに、

「あら、魔矢ちゃんじゃない。どうしたの」

権藤ママの声が返って来て、奥から出てきた。一六七センチの長身のうえ、マッキー斉藤を名乗っていた現役時代よりも二回りほど太ったので、男物のＬＬサイズのジーパンでもはち切れそうだ。

四月に魔矢と娘の小百合の試合に乱入、魔矢にバックドロップ一〇連発を食らわして大喝采《かっさい》を浴びたのが思い出される。六〇歳を過ぎても肥満しても、「昔取った杵柄」はまだ鋭い。

「ご存じと思いますが、今度、江戸千夏と髪切りマッチをやるんです」

と魔矢は切り出した。

「髪切りマッチね、聞いてるよ。『格闘ユニバーシティ』もやるもんだね、女子の髪切りとは」

権藤ママはそう言って、魔矢の黒い髪の毛を見つめた。茶髪や金髪に染める選手が多い中で、魔矢はデビュー以来黒髪で通している。

「権藤さんもなさったんですよね、現役時代に」

魔矢は玄関脇の事務室の応接セットに座ると、すぐにしゃべり始めた。

「そうだよ。松山の親父はいろんな商売に手を出して失敗したもんだからさ。オール日本女子の経営を維持するために、乾坤一擲《けんこんいってき》の大ヒットが欲しいって頼まれたのよ」

権藤ママは腹を揺すって笑ってから、松山元会長の声色で言った。

「『マッキー、頼むよ。今度のお盆興行では横浜文化体育館を満杯にせんとオール日本女子は行き詰まる。お前とアキ津南の髪切りマッチしかないんだから、助けてくれ』ってね。それでつい、『アキが承知ならいいよ』って言っちゃったの。当然、チャンピオンの私が勝つと思っていたからね」

　権藤ママはそう言うと、苦笑を浮かべた。

「だけど、松山の親父はアキにも勝たせるようなことを言ってたんだな。どっちが勝つかわからない真剣勝負でね、凄い熱戦になっちゃって、三八分も戦ったのよ」

　さすがに二十四年も昔のことだからだろう、その試合に敗れたというのに、権藤ママは冷静に話している。

「あの試合でオール日本女子は蘇って、第三期黄金時代になったのよ。今はスナックのママをしてるクレージーホース火奈子とか、秋田小町《あきたこまち》なんかが入って来て、オール日本女子最後の花が咲いたんだ。今、お宅にいる江戸千夏さん。あれがオール日本女子最後の新人だよ。一九九三年デビュー組だからね」

　権藤ママは少し微笑んで続けた。

「松山の親父はすぐいい気になって飲食店を増やしたり大会場での歌謡イベントをやったりしたから結局大赤字の連続、会社は倒産して道場のビルも街金に取られるし、一時は『女子プロレスはお終《しま》いだ』と言われたんだよ。

　それを盛り返して今も女子プロが続けてこられたのは、ウチら女子レスラー自身の力さ。プロレス興行をしていたプロモーター、早瀬司郎《はやせしろう》を代表にして新団体を立ち上げたら、ムーサ大鐘も続けたし、秋田小町も四〇歳までがんばったよ」

権藤ママの熱弁が続くので、魔矢は容易に本題に入れない。

「あんたらの『格闘ユニバーシティ』ってのは、オール日本女子新社が栄えたのを見て、テレビ・ディレクターの春本靖《はるもとやすし》をプロデューサーにして立ち上げたのよ。『格闘技の宝塚を作るんだ』って」

「へえ、そうだったんですか」

魔矢は感心してみせてから、「実は私もオール日本を受けたんですけど、落ちた口なんです」と口にした。

「覚えてるよ、あんたが受けに来た時のこと。一九九五年だったね」

「いえ、九六年です」

「あ、九六年の春か。あの時は、あんたを採るかどうかでかなり揉《も》めたんだよ。ガッツはありそうだけどあんまり細いのは怪我《けが》されると困るっていうことで見送ったのよ」

「へえ、そうだったんですか」

何度か聞いた話だったが、魔矢は大いに感心してみせた。

「ところで、あの髪切りマッチの後、アキ津南さんはどうしたんですか」

「それがね……」

権藤ママは、大きな顔をグッと魔矢に寄せて来た。

「あの試合の直後だよ、急に『辞めたい』と言いだしたんだ。たしか、髪切りマッチから一〇日ほど経った頃だったなあ。初めは松山会長にだけ言ったらしいんだけどね、ことがことだからね、たちまち全員に知れわたって、みんなに釈明したのよ。『実は私、結婚するんです』って。

　その結婚相手というのが、女性相手のホストクラブのホストと聞いて二度びっくり、みんなが『そんなのと結婚しちゃあ駄目だよ』と言ったんだけど、本人は夢中でね、『彼はホストをやめます。私もプロレスやめます』と言って三度びっくりさせたのよ。

　まあ、律儀な子だったからね、引退シリーズまで六カ月ちゃんとやって、堂々の引退式もやってね」

「それで、旦那さんになった人はホストをやめたんですか」

「そう、ホストはきっぱりやめて、その後はバイク便の運転手になったらしい。アキが夢中になったのもわかるほどいい男だった」

「へえ、凄い純愛物語ですね」

「そうなのよ。それでウチらにもわかったんだよ、髪切りマッチでアキが必死で勝ちたかったわけが。旦那になる男性から『絶対に髪を切っちゃあ駄目だ、結婚式には自分の髪で出よう』と言われていたんだって。だから凄くがんばったのよ。それで最後にはあれを使ったの」

「あれって？」

「津波スペシャル、禁じ手の」

　それまでの口調とは一転して、権藤ママは吐き捨てるように言った。

「ちょっとウチがリングサイドの松山親父を見てね、これどうやって終わるんだいと目顔で尋ねた隙《すき》に、私の股にアキが頭を入れて、持ち上げちゃったんだな。津波スペシャルってのはそんな技なのよ。相手を自分の頭に乗せて、後ろにほうり投げる必殺技。だけど危険だから、本来は禁じ手になってるのよ」

権藤ママはそこまで言って、プイと脇を向いた。自分の負けた瞬間を思い出してしまったのだろう。

魔矢は「津波スペシャル」についてもっと聞きたかった。身長で千夏に劣る自分にとっても、必殺技になるのではないか。

しかし、権藤ママの機嫌を損《そこ》ねてはいけないと考え、話を変えた。

「その頃はまだ雲路みつるさんはレフリーしてなかったんですか」

「いたよ」

権藤ママは分厚い手を打って頷いた。

「雲路は『帝国プロレス』に入ったのよ。アメリカでプロレスのレフリーを修行してきたからやらしてくれって。それをうちの権藤が『帝国はレフリーが多いから女子プロレスに行け』って言ったの。完全なホモ系だったから、男子じゃ持て余したんだな」

「へえ、やっぱり」

魔矢は驚いてみせた。雲路みつるがホモという噂は前から耳にしていたが、はっきり言われたのは初めてだ。

「実は、その雲路さんにお願いがあって来たんです。権藤さんから頼んでもらおうと思って」

魔矢はやっと本題に入った。

「今度の髪切りマッチは特別ルールでやるんですけど、そのルール作りの委員会を開きたいんです。それで、帝国のレフリーの清水伸二さんと弁護士の中野善男先生、それに雲路みつるレフリーの三人を委員にしたいんです。ちょうどバランスがいいでしょ」

「へええ、『格闘ユニバ』はうまいね。ルール作り委員会とはね」

権藤ママは一瞬「やられた」という表情になったが、すぐに笑顔を取り戻して、

「その髪切りマッチで勝ったほうが、うちの小百合と来年三月にやるってのはどうかね。それなら雲路さんの顔も立つからさ」

と切り返して来た。長年「権藤組」の経営を支えてきただけに、商機は逃さない。

「いいですよ、約束しますよ権藤さん」

鬼剣魔矢はそう言ってから付け加えた。「私が勝つから」

権藤ママは一瞬「本当？」という表情になったが、すぐ笑顔に戻って、

「そのルール作り委員会ってのはいつなの」

と訊ねた。

「急な話なんですけど、実は明日開いて、明後日の日曜の帝国プロレス大阪大会の会場で発表したいんです。帝国の大会にはスポーツ新聞なんかも来るし、美濃・飛騨組対日暮・大鐘組の女子試合も組まれてるから。そこで発表といきたいんです」

「それは無理だよ、魔矢ちゃん。明日は雲路さん、仙台でプロ空手大会のレフリーを務めるこ

となってんだから」

「はあ、あれも雲路さんがレフリーなんですか……」

魔矢はがっかりしたが、すぐ別の手を思いついた。

「じゃあ、明後日の日曜日に大阪に来てもらうというのは？」

「多分いいと思うよ。本人に聞いてみないとわからないけど」

権藤ママは大きく頷き、すぐに雲路に電話を掛けてくれた。さすがに、こういう時の行動は速い。やはり経営者である。こうして、雲路の了解を取り付けてくれた。

その間に魔矢も山手に電話をして、雲路に関する自らの計画を説明した。山手が魔矢の計画を理解するのには少し時間がかかったが、わかるとすぐに、「俺も前からそれがいいと思っていたんだ」と言い出した。「手柄は自分に、苦労は他人に」はこの男の常だ。


「どうもありがとうございました」

鬼剣魔矢は丁寧に礼を言って腰をあげかけたが、立ち止まって尋ねた。

「あの髪切りマッチのビデオかＤＶＤ、ありますか」

「それがないのよ」

権藤ママが残念そうに言った。

「あのころはテレビでも毎週女子プロレスは放送してたんだけど、松山の親父は欲出してね、これは特別番組だから定期番組には映させないって言い張ったのよ。ビデオで売って稼ぐつもりだったんだね。ところがそのスポンサーが見つからなくて、結局ソニーのベータで出したんだけど、その後、ベータは廃盤になったじゃない。それにオール日本そのものの消滅で、ビデオはなくなっちゃったのよ」

「それは残念ですね」

魔矢はさらに、

「アキ津南選手はその後、どうなったんですか」

と訊いてみた。

「わかんないのよね、それが。五年前にあった『松山隆司十回忌追悼興行』には、古い人もみんな集まったのよ。クレージーホース火奈子は欠席だったけど、メッセージは送ってくれた。だけど、アキ津南だけは音信不通、住所も不明なんだ。

結婚して一年目に女の子ができたと聞いたけど、その後旦那が交通事故で急死したとかで、昔を忘れたいんだろうな……」

権藤ママは少ししんみりした口調で呟いた。それでも、

「アキのことが出てた資料といえば、昔出た『女子プロレス名鑑』ていうのに載っていたと思うね。出版社は『格闘技出版』だったと思う」

と教えてくれた。

「その本、ここにありますか」

「あると思うけど……」

権藤ママは大きな尻を上げて、本棚を探し出した。しかし、それほど大きくない本棚には、その本はないようだ。

「ここにないとすると、自宅のほうかなあ……」

「結構ですよ。どこかで探してみます」

魔矢はそう言うと、事務所を辞した。

そしてすぐに、携帯でネット書店を検索したが、『女子プロレス名鑑』という本は出てこない。不思議に思ってさらに検索した結果、一九九七年に出た本だが、出版社である格闘技出版は数年前に倒産していることがわかった。

「とすると、古本屋で丹念に探すか、プロレス関係者で持っていそうな人に尋ねてみるか……。ま、昔の選手のことを知っても仕方ないか……」

と、魔矢は独り言を呟いた。

6章「髪切りマッチ」のルール

1

翌々日の日曜日。大阪府立第二体育館、午後一時五〇分。

前座の四試合が終わって中休みである。

この後、息抜きの女子のタッグ、そしてメイン・イベントの「世界ミドル級世界選手権者決定戦」が行なわれる。

約二〇分の休憩が終わり、席を立っていた観客がほぼ戻ったところで「帝国プロレス」のリングアナウンサーがリングに上がった。

「後半戦の開始に先立ち、特別なお知らせがあります」との口上を受けて、山手巡がリングに登る。

「来《きた》る十二月二十一日土曜日に、『格闘ユニバーシティ』では江戸千夏対鬼剣魔矢の『世界女子無差別級選手権試合』を行ないます。この試合は『敗者髪切りマッチ』、敗れたほうはその場のリング上で髪の毛を切られるという苛酷な真剣勝負です。また、この試合は特別ルールで実施します。今日ここで『格闘ユニバーシティ』のゼネラル・マネージャーの山手巡から、その特別ルールを発表させていただきます」

「帝国プロレス」のリングアナウンサーがそう言って、山手巡を紹介した。

「ありがとうございます」

タキシード姿の山手は、小柄な身体を精一杯に伸ばして、緊張した表情で周囲を見回してからしゃべり出した。

「では、格闘ユニバーシティ女子世界選手権試合、敗者髪切りマッチの特別ルールを発表します」

山手はここで間を置き、一段と声を張り上げた。

「試合は時間無制限一本勝負。完全決着ルールとします。即ち、リングアウトおよび反則による決着はありません。勝敗はスリーカウントのフォール、ノックアウト、気絶またはギブアップのみで決着します。服装は自由、セコンドの介入および凶器の使用は厳禁とします。また、噛《か》みつきや目つぶしなどの特に危険とレフリーが認めた技は禁止とします」

タキシード姿の山手巡がそう言った瞬間、控え室前の通路で待機していた鬼剣魔矢は「待て！」と叫んで、青コーナーの花道に飛び出した。黒いズボンに黒いジャンパー、背に剣と矢の刺繍《ししゅう》の入った例の特製だ。

リング上では山手が唖然とした表情で立ち竦《すく》む。

魔矢はロープを潜ってリングに入ると、「帝国プロレス」のリングアナウンサーからハンドマイクを奪って叫んだ。

「コラ、山手さんよ。誰がそんなルールを決めたんだ。反則負けなしといいながら、噛みつきや目つぶし、凶器使用禁止はないだろう。完全決着なら何でもありにしろ」

客席からは「オー」というどよめきが湧いた。

「魔矢、これはプロレスの国際ルールだ。いくら完全決着といっても、生命に危険なことは許せないよ」

「それも甘ちゃんレスラーの江戸千夏の要求か」

魔矢は叫んだ。

「いや、それは国際常識だよ」

「何をいってる。勝手なルールを作るな」

と魔矢が怒鳴った瞬間、

「こら！　魔矢。ルールはルールだ。公正に決めたルールに従え」

という叫びと共に、江戸千夏が赤コーナーからリングに這《は》い上がって来た。赤いズボンと赤い上着、フレアの付いた白いシャツという服装で、手にはもう一本のハンドマイクを持っている。

「魔矢、公正なルールで綺麗に闘おうじゃないか」

江戸千夏は、山手を庇《かば》うような位置に立って叫んだ。

「何が公正なルールだよ。完全決着反則負け無しなら、変な制限つけるなよ。反則自由、凶器使用も自由こそ完全決着じゃないのか！」

魔矢は千夏に詰め寄って叫んだ。

「反則も凶器もやる気かよ、この野郎！」

千夏は叫んで魔矢の髪の毛を摑んだ。

「何だよ、怖いのか！」

と、魔矢も千夏の髪の毛を摑み返した。

「待て待て」

と叫びながら山手が割って入ろうとしたが、魔矢と千夏の押し合いに跳ね飛ばされて尻餅《しりもち》をつく。

「止めろ止めろ」と叫びながら二人の男性が駆けつけた。

赤コーナーから「帝国プロレス」の常連レフリーの清水伸二、青コーナーから「権藤組」などに出る「国際レフリー資格者」の雲路みつるだ。そして、

「プロレスにも一定の国際ルールがある。完全決着といっても危険防止は当然だろう」

と清水が叫ぶ。

すると雲路が、

「違う違う、俺はレフリーの国際資格を持ってるが、世界中で女子の髪切りマッチなんて聞いたことがない。つまり今度の試合は国際ルールにはない特別試合だ。だから特別ルールが必要なんだ」

とわめいた。

「待て待て、待ってください」

立ち上がった山手が、清水と雲路の間に割って入って叫んだ。

「ここは一つ、清水、雲路両レフリーに第三者を加えてルール決定委員会を作り、公正なルー

ルを作ってはどうでしょうか」

「なるほど、それがいい」

とまず清水が賛成し、

「まあ、それもいいだろう」

と雲路が応じた。

「それなら君たちも文句ないだろう」

と、山手は睨み合う江戸千夏と鬼剣魔矢にも念を押した。

善玉の江戸千夏は「いいよ」と頷いたが、魔矢は「第三者って誰なんだよ」と不貞腐《ふてくさ》れてみせた。そこで山手は、ハンドマイクを握り直して客席に向かって叫んだ。

「中野先生、来ておられますか。弁護士の中野善男先生、おられたらリングに来てください」

「ハイ」という声がして、リングサイド三列目で手が上がった。

「元中央大学レスリング部キャプテンの中野善男弁護士です」

と、山手はリングに上がって来た青年を観客に紹介してから言った。

「ご覧のような状態ですので、一肌脱いでいただけませんか」とマイクを通じて山手が頼み込んでいた。観客からは「やれやれ、弁護士」とか「がんばれ、中央大学レスリング部」という掛け声が掛かった。

その様子を鬼剣魔矢は驚きの表情を作って見つめていたが、内心では満足感に浸っていた。

かくして、二人のレフリーと弁護士の三人を交えてルール会議を開く、ということで話はまとまり、全員、リングから降りていった。

続く女子の試合、美濃・飛騨組対日暮・ムーサ組のタッグ戦は凡戦だった。日暮とムーサは同士打ちで仲間割れ、日暮里子が三人に袋叩きにあって流血、レフリーストップで無勝負になった。

2

午後三時、メインイベントの「イケメン対決」が品川弥助《しながわやすけ》の勝利に終わった直後、鬼剣魔矢は会場の体育館を抜け出した。

会場では表彰式が続き、観客はまだほとんど出ていない。観客に素顔を見られたくない魔矢は、そんな隙に会場を出て地下鉄で新大阪駅に直行、新幹線に跳び乗った。何時に終わるかわからなかったので、今回は指定席ではなく最後部の一号車自由席だ。

ジーンズのズボンに灰色のセーター、黒いオーバーコートという目立たぬ服装だ。手には試合会場で着た黒ジャンパーと、ジュースの缶とサンドウィッチの箱を入れたビニール袋、それにスポーツ新聞と週刊誌を持っている。

「髪切りマッチまで、いよいよあと二週間だな」

魔矢はそう思いながら週刊誌を開いた。そこにはファンから「魔矢さんに似ている」と言われる女優のカラーグラビアが出ていた。「たしかに似ている」と悦に入った。車窓には年末らしくない穏やかな陽が差している。魔矢がのんびりとサンドウィッチを食べジュースを飲んでいると、

「いいですかね、隣りに座っても」

という声がした。例の青年刑事だ。列車が京都駅を出た直後のことだ。

「どうしてこの列車に？」

魔矢は驚きの声を上げたが、刑事は相変わらず無遠慮に、魔矢の隣りに座った。

「時間が空いたんで、大阪までプロレスの試合を見に行ってたんですよ。魔矢さんがかわいがっている日暮里子さんが出るって聞いたもんですからね。まさか、魔矢さんたちまで出てきて、髪切りマッチの話になるとは思いませんでしたけどね。得した気分ですよ」

「本当に女子プロが好きなんですね」

「そう言っているじゃないですか。もちろん、一番は魔矢さんですけどね」

「じゃあ、私と江戸千夏の髪切りマッチも見に来るんですか」

「もちろんですよ。チケット入手が激戦になりそうだから、早めにゲットしなくちゃ」

「お願いします。私が勝ちますけどね」

「そうなんですか。ここだけの話、江戸千夏が勝つことで話がついている、というのがネットなんかでの評判ですよ」

闘う当人を目の前にして、ずいぶん失礼なやつだなあと思いながら、

「勝つのは私ですよ、闘う者はみな必勝の信念で闘うんだから」

　魔矢は激しく応じた。話題を変えたくなったので、魔矢のほうから事件のことを尋ねてみた。

「あの湯山さんの変死事件、まだ調べてるんですか」

「そりゃそうですよ、職務ですからね」

「それで、捜査は進展してるんですか」

「それがなかなか……。あ、ひとつご報告があります。この前教えていただいた替え玉説、正解でした。支店長はあの夜、プロレス会場にいませんでした」

「やっぱり！　じゃあ、砂場支店長が湯山さんを……」

「いえ、残念ながらそうじゃないんです。砂場支店長は替え玉を立てて、犯行時間の直前まで湯山と会ってました。そのことを本人が認めました。これは、魔矢さんの情報のおかげです。人に見られたくない内密な打ち合わせを行なっていたそうです。

　でもその後、砂場は湯山と別れて、粉浜の運転する車で帰っています。粉浜が新横浜駅近くで交通違反をして、警官に捕まったという話をしたでしょ。その警官に砂場の写真を見せたら、間違いなくこの男だったと証言しました。警官証言ですからね、これは信用していいと思いますよ」

　魔矢は混乱した。砂場が替え玉を立てたのは、湯山を殺すためのアリバイ工作と思っていたのだが、内密な相談をするための工作に過ぎなかったのか……。

じゃあ、湯山を殺したのは誰なのか。

あるいは、やはり事故なのか……。

名古屋からは一〇人あまりの客が乗り込み、二つ繋がった空席はなくなった。そのせいで刑事も、魔矢の隣りに居座るしかなくなった。

「以前、事故説と殺人説の二つに捜査本部が分かれている、と言ってましたよね」

「そうなんです。僕は殺人説のほうなんですが、それがさらに意見が分かれてましてね。いま説明したように、砂場が犯人の可能性はありません。融資を打ち切られたマトモ建設が一番怪しいとにらんでいたんですよ、あそこは湯山に多額のディベートを支払っていたみたいですからね。でも、社長には完全なアリバイがあるし、それになにより、殺人ができるような連中じゃありませんよ、あそこの社員は。

他に、今回の改革で恨みに思っているといえば、連れ込み旅館の『H２O』ですね。あそこも湯山には年間一千万円以上入れ込んでたようですから。でも、『H２O』の社長は半年も前から脳溢血で入院なんだから、それどころじゃないでしょうし」

と、青年刑事は首をひねった。どうにも刑事らしからぬ軽い男だし、口も軽いけれど、そんなに悪いやつじゃないらしい、と魔矢は思った。

「というわけで、事故だったという声が大きくなっているんですよ、最近」

「あ、事故なんですか、やっぱり」

「ただ、その場合は別の疑問があるんです。鑑識の結果、被害者の頭蓋骨破損は一・五メートル以上の高さから鋭角に落ちないとできない傷だ、ということがわかりましてね。転んだくらいで、そんな傷ができますかね」

「ええと、湯山さんが何かの理由で放尿しながら後ずさりしていて、ちょうど膝の裏あたりに障害物があった、ということじゃないですか。今日の試合でもあったでしょう、品川弥助の『膝裏蹴り』で相手の梅田綱助《うめだつなすけ》が仰向けに倒れたシーン。膝の裏をタイミングよく突かれると、ああいうふうにバッタリ倒れるんですよ。そして、運悪く後頭部を強打してしまった……」

魔矢はレスラーらしい視点で、自分の考えをしゃべった。しかし、

「いやあ、でも、違うなあ」と、自分で自分の考えを否定した。

「え、どこが違うんですか、魔矢さん。レスラーの魔矢さんでないとできない推理だと思うんですが」

「あの膝裏蹴りは、鍛錬を重ねたプロにしかできない高度な技なんですよ。相手をロープに押して反動で戻って来るときに膝の裏を蹴って全身を跳ね上がらせて仰向けに倒す。膝裏蹴りは、仕掛けるよりも受ける側のほうが難しい大技なんです。そんな絶妙なタイミングで、障害物が出てくるなんて考えられないでしょ」

「たしかに、第一発見者の清掃員の話ではトイレには変なものは何もなかった、ということですからね……。ただ、清掃員はかなり驚き慌てていたみたいでしてね、すぐに携帯で知らせればいいものを。わざわざ二〇〇メートルも離れた管理棟まで走って電話したぐらいですから、

何か大事なものを見落としていたかもしれないですよ」

「ふーん、なるほど……」

「容疑者らしい容疑者はいない。しかし、事故だとすると状況が不自然。結局、議論はそこに戻るんですよ」

青年刑事は再び頭をひねった。そして、残念そうに呟いた。

「このままでは、事故ということで落ち着きそうですね」

間もなく列車は新横浜駅に着き、魔矢は下車した。

青年刑事はにこやかに手を振っている。魔矢は笑顔だけを返した。

手掛かりがなくても捜査をしなければならないのが警察の仕事。他人に嫌われながらも嗅《か》ぎ回るなんて辛いだろうな、と魔矢は思った。

「本当の悪役ってのは、ああいう人たちなんだな」

魔矢は一人、呟いていた。

3

翌月曜日。鬼剣魔矢は携帯電話の呼び出し音で目が覚めた。

「魔矢、昨日はよかったぞ。今朝のスポーツ新聞は全部書いてくれてる。『スポーツアジア』なんか写真入りだ、俺とお前と千夏の。広報ってのは事前が大事なんだよ。その点今度はうまくいった。千夏も感心してたぞ、さすがに山手さんは知恵も実行力もあるって」

山手は「すべてがわが手柄」とでもいいたいらしい。

「それはよかったねえ、千夏は賢いから」

魔矢は皮肉交じりに応えたが、山手は「さすがだよ」と返事をしてから続けた。

「昨日あの後、大阪で特別ルール会議を開いてな。さっき、そのルールをお前のところにもファックスしたから、ま、読んでみてくれ。いろいろ知恵を絞って千夏とお前の両方の顔が立つように作ったんだから」

「うん、わかった。読んでみて、また電話する」

そう言うと、魔矢は電話を切った。起き抜けで顔も洗わぬうちに山手の長話は迷惑だ。魔矢はズボンとセーターを身につけてからファックスを覗《のぞ》いた。Ａ４の紙が三枚入っている。

一枚目は、どうでもいい経緯解説。「昨十二月八日午後三時二〇分より大阪ホテルニューオータニで『世界女子プロレス世界選手権試合敗者髪切りマッチ特別ルール決定委員会』を開催」といった文章が並んでいる。

二枚目には、まず「立会人リスト」。当日のレフリーを務める「格闘ユニバーシティ」の常勤レフリーの加藤幸子と「帝国プロレス」のリングアナウンサー、そして山手巡の三人だ。

その隣りに、「ルール決定委員会委員名簿」が仰々しい大文字で書いてある。

帝国プロレス主任レフリー清水伸二、プロレスリング国際認定レフリー雲路みつる、弁護士(元中央大学レスリング部元代表）中野善男、の名が並んでいる。

「ふん、もっともらしいジャン」

と魔矢も思った。そして三枚目に、『決定ルール』の見出しで次の各条が並んでいる。

（1）時間無制限一本勝負。
（2）場外乱闘は無制限。ただしレフリーが命令した場合は、選手は速やかにリングに戻るものとする。
（3）勝敗は、スリーカウントによるフォール、ギブアップ、気絶または試合続行不可能と認められる重傷によってのみ決する。ただし重傷決着の場合は、その理由にかかわらず試合続行不可能となった側の敗北とする。
（4）目つぶし、噛み付き、凶器の使用は禁止とし、レフリーが注意する。ただし禁止事項を犯したことによって勝敗が決することはない。
（5）選手が危険な凶器などを所持していないか、入場の際にレフリーは厳重に服装等をチェックする。所持している場合はレフリーが没収する。
（6）セコンドの介入は厳禁とする。試合に介入したとレフリーが認めた者は、リングサイドの所定の位置に手錠で繋ぐ。
（7）この試合の敗者は、直ちに試合をしたリング上で、勝者の指示する方法で髪の毛を切られる。

二〇一三年一二月八日
格闘ユニバーシティ女子髪切りマッチルール委員会

「なるほど、よく考えたもんだ」と鬼剣魔矢は思った。でも、山手にすぐ返事をするのも悔しいので、少しじらしてやろうと、朝飯の用意をした。ハムエッグを作り、トーストを焼き、野菜とトマトを刻んでドレッシングを掛けた。いつもの朝飯よりも手間をかけてテーブルに並べた。たっぷり二〇分はかかっただろう。

さらに、新聞を見ながらゆっくりと手作り料理を食べていたら、案の定、山手から電話が掛かってきた。

「どうだ、考えただろう、このルール。お前の主張を入れて反則負けなし凶器使用も自由にする代わりに、入場時の服装検査で危険な凶器は取り上げるってのが面白いだろう」

山手はまず、自分の案の巧みさを自慢した。そのうえで、

「特にだな、この第六項にある、試合に介入したとレフリーが認めた者は手錠で繋ぐってのは傑作だろう。当日はガードマン会社から一〇人くらい制服のガードマンに来てもらってな、違反した連中をリングサイドに繋いじゃうんだ。これって、今までになかったよな」

山手は誇らしげにまくし立てた。

「ふん、それはいいけど、私のほうのセコンドだけ繋いで、千夏にやりたい放題させるんじゃないだろうね」

鬼剣魔矢はそういって笑った。

「違う違う」

山手は慌てて応えた。

「お前のほうはムーサ大鐘と日暮里子、千夏のほうは美濃秋乃と飛騨雪枝を予定してるんだ」

山手はよほど考えていたのだろう、スラスラと言った。

「なんだ、それじゃいつもの顔ぶれじゃない、面白くもないよ。もうひとひねりしたほうがいいね、どうせなら」

「うーん、もうひとひねりかー」

と山手は呻いた。自分でもそんな気がしていたのだろう、考え込んでいたが、

「あ。じゃあ、もう一回電話する」

山手はそう言って慌てて電話を切った。誰かが来たらしい。


鬼剣魔矢は、電話のために中断した朝飯を済ますと、溜《た》まっていた洗濯と部屋の掃除をした。その後で試合用の水着を数枚出して、ハンガーに吊るした。髪切りマッチで着る衣装選びだ。

　女子プロレスラーには専門のデザイナーがいて特別な衣装を作ってくれるが、その費用は結構かかる。試合用の水着、入場時のガウン、レスリング・シューズなどを揃えると、数十万円にもなる。お金のない新人は、所属する団体が所有する水着を使う。

魔矢も無尽蔵には作れないから、組み合わせを替えてバラエティを作る。

魔矢は壁に吊るした衣装を見比べて、「晴れ舞台」でのわが姿を想像してみた。

そのとき、また携帯が鳴った。また山手からだ。

「魔矢。一週間後の十六日は道場で千夏の公開スパーリングをやるんだから、お前は来るなよ。記者の前で千夏とお前が鉢合わせすると、またひと悶着《もんちゃく》起こさにゃならんからな」

「じゃあ、私のスパーリングはいつやんだよ」

と魔矢は問い返した。何だか千夏を優先したような言い方が気に食わない。

「それもちゃんと取ってある。十九日の木曜日、三時から二時間だ。試合直前の新聞に出るほうが効果的だろう」

と山手は言い、「だから」と続けた。

「千夏が公開スパーリングをする十六日からお前のスパーリング直前まで、姿を消して欲しいんだ。『魔矢、行方不明！　秘密練習か』なんて見出しがスポーツ紙に欲しいんだよ」

「じゃあ、その間、私はどうすればいいのよ」

と魔矢は反発した。いつもならここで「ちょっとまだそこまでは……」と頭を掻くのが山手のパターンなのだが、この日は違った。

「そこが俺の用意周到なところだよ。魔矢は相模原の『権藤組』の道場で練習していればいい。『権藤組』は九州遠征で道場が空くんだ。そこにお前と日暮里子とムーサ大鐘が集まって秘密練習、それを『スポーツアジア』がスッパ抜くってわけだ。どうだ、面白いだろう」

山手は自分の言葉に酔ったように話している。

「なるほど、そりゃ面白いかも」

と魔矢も頷いたが、その時、誰かが山手の近くにいる気配を感じた。

ハハーン、山手の独創にしてはできすぎだと思ったが、誰か別の人間がアイデアを考え、それを山手は口にしているだけなんだろう。そう思った魔矢は、試しに口にしてみた。

「その秘密練習に、悪役贔屓の雲路レフリーも参加すると面白いんだけど。どう思う?」

「いや、それは無理だよ。雲路さんは『権藤組』の遠征に参加するんだから」

と山手は答えたが、少し間を置いて、

「魔矢のたっての願いというんなら、雲路さんに頼んでみるよ」

と言い換えた。どうやら、電話口の近くに強い決定権を持つ人物がいるのは明らかだ。たぶん、「権藤組」の権藤ママだろう、と魔矢は思った。

前に「権藤組」の道場に行った時、「私が勝てば必ず小百合さんとやりますよ」と言ったのが効果を発揮したのかも、と思った。

4

一週間後の十六日午後二時過ぎ、魔矢は相模原の「権藤組」の道場に行った。

道場の前には大型バスが止まっていて、選手たちの乗り込みが始まっていた。選手やレフリー、リングアナウンサーや切符もぎりに当たる新人まで入れると、総勢三十数人にもなる。新幹線や飛行機よりも、団体バスに相乗りするほうが安上がりなのだ。

「あ、魔矢ちゃん、山手さんから話は聞いているよ。今日から三日、ここを自由に使っていいわよ。道場守の牛尾《うしお》がいるから何でも聞いて。シャワーやタオルも整ってるし、あと片付けも手伝ってくれるわよ」

権藤ママは、道場の入り口でにこやかにそう言うと、傍《かたわ》らの禿頭《とくとう》の男を顎で指した。かつては「ラッシャー牛尾」のリングネームで活躍したこともあるレスラーだが、腰を壊して引退、今は「権藤組」の道場管理と新人や練習生の世話役をしている。年齢は六十歳くらいだろうか。

「ありがとうございます」

魔矢は丁寧に頭を下げてから、道場の中に入った。すでに日暮里子が練習着に着替えてトレーニングを始めている。髪切りマッチの前座試合として、メキシカンのカルメン・ロメロとコンビを組んで飛騨雪枝・美濃秋乃と試合をやることになっているので、張り切っているのだ。

私もがんばらなくちゃ。魔矢も急いで着替えることにした。

やがてバスは出発。ガランとした道場には女性二人とラッシャー牛尾だけが残された。

魔矢はリングの上で柔軟体操や筋力トレーニングを約一時間ほどやって、一休みすることにした。リングの脇にはラッシャー牛尾がパイプ椅子に腰かけて、ぼんやりリングを見上げている。

「牛尾さんは前の髪切りマッチ、憶えている？　マッキー斉藤とアキ津南の試合」

と魔矢は尋ねてみた。

「憶えているとも。当時は俺もワールドプロレスのタッグチャンピオンだったからね。リングサイドの特別招待席で、松山会長のすぐ後ろで見ていたよ」

牛尾は若き日の栄光を誇るように胸を張った。

「どんな試合だったの」

「そうかあ、魔矢ちゃんは見ていないよなあ、あんな大昔の試合。まあ、率直に言って、プロレスの試合としては凡戦だね。前半三〇分くらいまでは、互いに得意技を出してスピーディーな展開だったけど、それを過ぎると同じ技の繰り返しになってね。

そのうち、マッキーさんが盛んにリングサイドの松山会長のほうを気にするようになったんだな。これ、どうやって終わるんだと問い掛けるみたいにさ」

「へぇ」

「そして、あれが出たんだよ」

牛尾は細い目で魔矢を見詰めていった。

「禁じ手の津波スペシャルが。マッキーさんはリングサイドの松山会長を見てたから隙ができたんだな」

「大番狂わせだったんでしょ」

「そうだよ。予想じゃあ、マッキーさんが勝つという声が圧倒的だったからね。だからかどうかはわからないけど、アキ津南は勝利者賞だけ受け取るとすぐ退場しちゃったよ。もともとは、勝ったほうがリング上で負けたほうの髪を切ることになってたんだけどね……」

「ああ、それで古い雑誌にも、『松山会長涙の髪切り』なんて写真しか出てないのね」

魔矢はナゾの一つが解けた気分だった。

「もともとマッキーさんとアキ津南は『さわやかペア』という善玉コンビを組んでたからね。アキもマッキーさんの髪を切りたくなかったんだよ」

ラッシャー牛尾はそんな感想をもらした。

「ところでそのアキ津南、その後はどうしたの」

魔矢は、かつてマッキー斉藤だった権藤ママにしたのと同じ質問を、ラッシャー牛尾にもしてみた。

「知らないなあ。たしか、数カ月で引退したと思うがね。まあ、どっちにしろ、古い話だよ、アキ津南なんて。お宅の江戸千夏はオール日本女子プロレス最後の新人だけどさ、アキが引退してから二、三年後に入ったんだよ」


午後七時を少し過ぎた頃に、着替えと夕食を済ました鬼剣魔矢は、川崎のスナック「可奈子」に出勤した。

「麻耶ちゃん。よく来てくれたわね。今週は何かと忙しいから駄目かと思ったのに……」可奈子ママは歓んでくれた。たしかに忙しい週だが、十二月はスナックも忙しい時期だ。可能な限りこなくては、と魔矢は思っていた。

そして予想通り、八時前から客が増え、カウンターもテーブル席も埋まった。

そんな頃、魔矢の携帯電話が鳴った。山手巡からだ。

「いま、どこにいる」

「川崎のスナックだよ。私はここでバイトしてんだから」

「ああ、そうか」

山手は間抜けな声を出した。そしてすぐに、

「明日の夜、会いたいんだ」

と言い出した。

「夜は駄目だよ。バイトがあると言ってるでしょ」

「大事な時期なんだからさ。少しバイト休めよ」

と山手は大声を出したが、魔矢は、「年末はスナックだって忙しいんだから」と言い返した。

「そうか……。じゃあ、明後日の昼ならいいだろう。昼飯をおごるよ」

「それならいいよ」

7章 意外な再会

1

翌火曜日、鬼剣魔矢は朝早く目が覚めた。やっぱり興奮してるのかな、と思いながら、ハムエッグとトーストで朝食を済ませて、衣装選びをした。

壁際には数日前から、試合用の水着が五着、入場の時に羽織るガウンが三枚吊ってある。その中から、黒地に赤い炎柄の付いたロングタイツの試合着と、黒い襟《えり》のついた真っ赤なビロードガウンの組み合わせを選んだ。

試合着は、昨年の夏に江戸千夏とのシングル戦でフォール勝ちをした時のものだ。

これで出れば、中継しているテレビのアナウンサーが、

「鬼剣魔矢は、昨年の夏にタイトルマッチで江戸千夏を破ったその時と同じ、黒に赤の炎柄で登場です」

と言うだろう。アナウンサーのしゃべりやすいネタを提供するのも、プロレスラーの大事な仕事なのだ。

「千夏はやっぱり、白っぽいさわやか系で来るだろうから、対照的でいいや」

魔矢は選んだ衣装を着て、部屋の隅の姿見に自分の姿を映してみた。

「私って、なかなか綺麗じゃん」

魔矢はそんな独り言を口にして悦に入った。

現在の体格は一五七センチ・五六キロ。十七年前のデビュー当時より体重は、四キロ増えている。だが、そのほとんどは筋肉。首と腕は恥ずかしいほどに太いが、腰や背中に贅肉《ぜいにく》はついていない。ウエストは今も七〇センチ未満。バストは垂れのないDカップだ。

約一時間、衣装選びに時間をかけた魔矢は、九時過ぎにビニールバッグにガウンと試合用のタイツを詰めて権藤道場に向かった。

道場に着いたのは九時半頃。選手はまだ誰も来ていないが、道場守のラッシャー牛尾が戸口を開けてくれた。

「魔矢ちゃんの写真を撮るなんて光栄だな」

牛尾は大きな顔を綻《ほころ》ばせて、道場の照明を全部つけた。記者会見や宣伝用のポスター、ポートレートなどホームページに使う映像の撮影もするだけあって、権藤道場の照明装置は良好だ。魔矢はたっぷり時間を掛けてタイツ姿やガウン姿を何十ポーズも撮影させた。ラッシャー牛尾は自身のデジタルカメラまで持ち出して熱心に撮影した。

午前一〇時過ぎ、撮影を終えた魔矢はいつものトレーニングパンツに着替えてロードワークに出た。権藤道場から南に五キロ、往復一〇キロの道を緩急をつけて一時間ほど走る。人のいない所ではシャドーボクシングもやる。いつもは新横浜の公園でやっているのを、今日は相模原の路地でやった。

「そろそろ五キロ来たかな」

そう思った時、見覚えのある光景に出合った。古びた鉄筋三階建ての先に白い塀があり、ビルには「岩切病院」の看板がついている。

「この前は相模原の駅からタクシーで来たからわからなかったけど、権藤道場の近くだったんだ」

魔矢はそんな思いで病院の前を走り抜けたが、雰囲気が変わっていることに気が付いた。三階建てに続く板囲いが、なぜか塗り替えられているのだ。

確か前に見た時には「岩切病院新館建設予定地」と書いてあったはずなのに、今は「大九組管理地」になっている。

「これは……」

と思った瞬間、魔矢は武州銀行の上野みどりの話を思い出した。

「ウチの息子は医者だから、嫁は病院長の娘でなきゃとかいって、七億六千万円も融資したのよ。ただの個人病院に」

……その個人病院というのは、この岩切病院だった。ところが砂場支店長が着任して、過剰融資と見て引き上げた。このため岩切病院は新館建設の用地を売って借入金を返さざるを得なくなった。砂場支店長は用地を大九組に買わせて資金回収に成功したが、湯山の次男の医者はいづらくなってやめた。アメリカに研究に行くという口実で……。

魔矢はロードワークを続けながら、そんなストーリーを考えた。

「そうだとすれば、砂場支店長と湯山次長の対立は、相当深刻だったに違いない。自分の育てた企業群ばかりか、息子の勤め先の融資まで切られたんだから」

魔矢は、この想像を誰かと話したいと思った。思い当たるのは神田のおばさん。魔矢の推理では、湯山の息子の結婚相手の母親だ。

ロードワークを終えて「権藤組」の道場に戻った鬼剣魔矢は、財布とアイフォーンと鍵の入ったハンドバッグだけを手にすると、「お昼食べてくる」とラッシャー牛尾に言い残して道場を出た。

武州銀行相模支店のある相模原の駅前までは、ゆっくり走っても三〇分弱。昼食休憩が始まった頃に銀行に着いた。

この時間帯はお客が多く、窓口要員も守衛も忙しいが、清掃員の神田のおばさんだけは暇だ。おばさんの忙しいのはこのあと。昼食時間のお客が帰ってから、ロビーやＡＴＭルームを掃除する。

そっと用務員室を覗くと、神田のおばさんが一人、弁当を食べていた。支店長はお出掛けらしく、運転手の田畑もいない。

「ちょっといい……」

魔矢がそう言いながら、用務員詰所に入った。

「あら、魔矢ちゃんじゃない。大丈夫なの？　これ、大変じゃない」

おばさんはそう言いながら、スポーツ新聞の束を差し出した。昨日の南多摩道場での江戸千夏の公開スパーリングと、記者会見の様子が写真入りで載っている。

「千夏、必勝宣言　新必殺技も用意」という見出しが躍り、白い水着に白い革ジャンを羽織って記者会見する江戸千夏の写真が大きく出ている。水着の胸とジャンパーの胸には、千夏のシンボルマークであるひまわりが、金と緑で刺繍《ししゅう》されている。

やっぱり千夏は白で来たな。これなら赤と黒の私と対照的。きっと盛り上がるぞ、と魔矢は思った。思わず、記事を読み込んだ。

「ファンに魔矢の髪を剃るカミソリを募集したら、五十六本も届いた。鬼剣魔矢の髪を切りツルツルになるまで剃ってやる。ファンもそれを望んでるんだよ」

テーブルの上に沢山のカミソリを積み上げて、江戸千夏が笑っている。

その写真の近くには「魔矢姿を見せず　極秘訓練か」という見出しがあり「この日、共同記者会見を予定していた鬼剣魔矢は姿を見せなかった。山手マネージャーは『今朝から連絡が取れない。日暮里子らと極秘練習をしているらしい』と言っている」そんな短い記事が付いていた。

「なかなか上手に盛り上げてるじゃん」

魔矢はそう言ってから「これどう？」と、携帯を見せた。ラッシャー牛尾に撮らせた写真を携帯に転送してもらったのだ。

「凄い！　魔矢ちゃん。イケてるよ」

神田のおばさんは、珍しく大声を張り上げた。

「綺麗だよ。腰も締まってるし、胸も出てるし、顔も綺麗だし……。モデルさんみたいだよ」

神田のおばさんは写真を見ながら何度も呟いた。その挙げ句、

「ちょっとこれ、預からせてくれない？　支店長に見せてやるから」

と言い出した。

「いいよ。午後の練習が終わったらまた寄るから。それまで預けとくよ」

魔矢がそう言うと、神田のおばさんは満足気に頷いて、

「きっと支店長も張り切るよ。魔矢ちゃんの大ファンだから」

と喜んだ。そこで魔矢は、今朝見た岩切病院の話をしてみた。

「さっき、権藤道場から相模原の駅の方にロードワークしてたら『岩切病院』の前に出たの。以前は板囲いに『岩切病院新館建設予定地』と書いてあったのに、今日は『大九組管理地』に変わってるのよね」

「へぇ、そう……」

おばさんは驚きの表情になった。

「岩切病院といえば、湯山次長から『家の息子が勤めているところだ。健康診断にいくんなら便宜を図ってやるよ』と言われたことがあったよ」

「知ってたの？」

魔矢は拍子抜けする思いだった。

「私だけじゃないよ。この支店では湯山さんに岩切病院を勧められた者が大勢いるわよ。庶務主任の大塚さんも守衛の浜松さんもそうだよ」

おばさんは早口でしゃべった。

「それで、おばさんは岩切病院に行ったの」

「いいえ。私は行きつけの病院があるからね。そのうちに行こうと思って電話番号だけは聞いたんだけど、結局行かずじまいだよ」

おばさんは肩をゆすって笑った。

おばさんは魔矢の携帯を見ながら、

「魔矢ちゃん、これなら入場の時に帽子をかぶったらいいよ。髪切りマッチだからお客さんは頭に注目するからね」

「なるほど。それはいいかもね」

と魔矢も頷いた。神田のおばさんはなかなかのセンスの持ち主だ、と感心した。


午後二時。ハンバーガーで昼食を済ませて「権藤道場」に戻ると、日暮里子とカルメン・ロメロがラッシャー牛尾としゃべっていた。ここでの話題も、昨日の記者会見だ。

「千夏さん、気合入ってますね」

日暮里子がスポーツ新聞の写真を指差して言ったことに、魔矢はカチンと来た。どうやら里子も、魔矢が負けるに決まっていると思っているらしい。だから魔矢はあえて言ってやった。

「千夏が負けたほうが面白いだろ。ファンもマスコミも騒ぐからさ、格闘ユニバーシティの人気が盛り上がるよ」

里子が山手巡と親しいことは、この前の朝の電話でわかっている。だから、里子に言えばすぐに山手に伝わるはずだ。魔矢はそう考えてさらに続けた。

「私は絶対に負けないからね。千夏は大女で強力だけど、長期戦に持ち込むとスタミナ切れになる。ダラダラ試合に持ち込んだら私のものさ」

2

その日の午後、鬼剣魔矢は真剣に勝つことを考えた。

魔矢は、これまでの十七年間に、江戸千夏とは一〇〇回ぐらいの対戦をしている。そのほとんどはタッグマッチ。記録に残るシングルマッチは一七回で、結果は三勝九敗五分け。三勝のうちの一勝、そして九敗のうち四敗は、それぞれ反則によって決着がついたもの。フォールによる勝負だけ数えると、二勝五敗だ。

今年になってからは二連敗だが、二度目はこの前の十月。「いつもの人」が変わっているのが気になって負けた。その前の三月の試合は反則負けだった。

実際のところ、小柄軽量の鬼剣魔矢が大女の江戸千夏に勝つのは容易ではない。千夏は一七二センチ・七七キロと称しているが、実際は一六八センチ。最近は体重が増えて八〇キロはしっかりある。腰回りや背中に肉がついて体重が増えたのだ。

身長差一一センチ、体重差二四キロ。この体格差は、格闘技では大きい。ボクシングで言えばフェザー級とクルーザー級、九階級も離れている。これで真剣勝負で勝つのには、よほどのテクニックと戦略が要《い》る。目の肥えた後楽園のファンを納得させる勝ち方をするには決め技が大事だ。

「昨年の十月に勝てたのは、千夏が闘志に欠けていたからだ。今度は千夏も本気だから長い試合になりそうだな」

魔矢はそんなことを考えながら、四時間の練習を終えた。午前中の練習を入れると合計五時間。早起きの寝不足もあってさすがに疲れた。

シャワーを浴びると、すぐに武州銀行相模支店に駆け付けた。神田のおばさんに携帯を返してもらわなければならない。


「あ、魔矢ちゃん。よく来てくれたね。今日は遅くても待っているつもりだったよ」

神田のおばさんは笑顔で言った。

「支店長もこれ見て、すごく喜んでね。私が帽子をかぶったらと提案したら、『それはいい、フラメンコの男がかぶってるのはどうかな』なんて言ってたわよ。おばさんもファッションセンスあるなあってさ」

神田のおばさんは支店長に褒《ほ》められたのがよほどうれしかったのか、自慢気に微笑んだ。

「支店長は、よっぽど女子プロレスが好きなんだ」

それほど好きな女子プロレスにも行かず、十月二十日のあの日、砂場は焼肉レストランで湯山次長と会っていた。銀行では話せない、いや会っていたことさえ知られたくない極秘会談だったに違いない。湯山次長が多年行なっていた不当な融資に、結着を付ける話し合いだろう。ひょっとしたら、湯山に引責辞職を通告したのかもしれない。

「一方の湯山次長だよな、問題は……」

神田のおばさんと別れて、電車に乗った鬼剣魔矢は、川崎までの間にそれを考えた。

湯山次長は、砂場支店長と焼肉屋で会談する直前、日曜日にもかかわらず、支店に出て会議室にいた。神田のおばさんは「強いタバコの臭いでそれを感じた」というが、警察はそれを知っているのだろうか。

辞表か始末書か、あるいは返済計画書か、他の人に見られたくない書類を書いたに違いない。そしてそれを持って焼肉屋の会談に向かった。湯山次長としては、最後の提案だったんだ……魔矢は想像した。

しかし、砂場支店長は湯山の提案を断った。会談は決裂、湯山次長は粉浜の運転する車に同乗する気にもなれず、一人駐車場に残りマトモ建設の真友三郎に電話をした。会談結果の不首尾を報《しら》せたのだろう。だから真友も不機嫌で、電話は短く終わった。湯山としては、「迎えに来てくれ」とも言えなかったのだ。だから、次男の医者にも電話したが、こちらは繋がらなかった……。

魔矢は川崎からスナック「可奈子」までの二〇〇メートルほどを歩く間にそれを考え、一瞬「私の推理も相当なものだな」と悦に入った。

しかし、スナック「可奈子」のドアを押し開く時には、考えが変わっていた。

ダメだダメだ。これでは、あの青年刑事と同じだ。最大の問題、湯山次長の死因には何も近づいていないぞ。格闘技の経験者としては、殺人は「絶対にありえない」と断言できる結論だ。やっぱり、堂々巡りか……。

3

スナック「可奈子」では、ママの可奈子とバーテンダーの真人が、クリスマスツリーの飾り付けをしていた。

すでに客もいた。奥のテーブル席に三人の男が小さく固まっている。その中の一人、入り口に向かって座った男が魔矢を見て手を上げた。元カレのタケシ、去年の暮れまで半年ほど新横浜のアパートで同居していた、ミュージシャン志望の男だ。風貌は当時とほとんど変わっていない。

「マヤちゃん、マヤちゃん。ちょっと話があって来てるんだ」

タケシは中腰で叫んだ。連れの二人はじっと魔矢を見ている。しかたがないので、魔矢はタケシのほうに近づいた。

「オレ、今さ、遊園地の余興に出てんだよ。ミュージシャンで。これはその仲間。サックスの王寺《おうじ》とクラリネットの赤羽《あかばね》だ」

タケシの紹介で連れの二人は少し腰を浮かして頭を下げた。王寺はやんちゃそうな若者。赤羽は長身長髪の中年男だ。どちらも売れないミュージシャンらしく、なんとなくどんよりと薄汚れている。

「俺たちの属している音楽事務所の社長がプロレスに詳しくてね。スポーツ新聞でマヤちゃんが髪切りマッチやると知ってさ、興奮しちゃってんだよ」

タケシのそんな言葉を魔矢は立ったままで聞き、「それで……」と先を促《うなが》した。

「それでさ、みんなで応援に行こうってなったんだけど、社長が言うにはただの応援じゃなくて、鬼剣魔矢の応援歌を演奏しろっていうんだよ。俺たちで……」

タケシは精一杯の笑顔で一気に言った。

「応援に来るのはいいけど、歌は無理だと思うよ。私が入場する時にはテーマミュージックが鳴っているから」

魔矢は不愛想に言った。魔矢の入場テーマは「ジンギスカンの二頭の名馬」、モンゴルの音楽ホーミングの名曲をジャズ風にアレンジしたものだ。

「知ってるよ。オレは何回も見たから」

気弱なタケシが腰を降ろして呟いたが、若いサックス吹きの王寺が後を続けた。

「わかってるよ。わかってるから頼みに来たんだよ、こうやって三人で……」

王寺は拝むような仕草をしてから続けた。

「俺たちの会社の社長、川口竜三《かわぐちりゅうぞう》というんだけど、昔オール日本女子プロレスにいたんだよ。松山会長の下で」

「ふーん。それはまた珍しい巡り合わせだね」

魔矢は小声になった。

「それでってことでもないけど、『お前ら、今度の髪切りマッチに行って目立って来い、ひょっとしたらそれがきっかけで売れるかもしれないから』と言うんだよ。昔、マッキー斉藤とアキ津南の『さわやかペア』のバックミュージックをやっていたのが、今売れている『ぶりっ子集団』だってさ」

王寺がそこまでしゃべった時に別の客が入ってきた。この店では女子プロレスの話はしないことになっているので、魔矢は大急ぎで告げた。

「そういうことなら、その川口竜三という社長さんから、格闘ユニバーシティの山手マネージャーに話してくれないかな。明後日の木曜日、午後に私の公開練習をやるから、その時に来てくれたら山手にも紹介するよ」

「うん、それがいいかもな」

三人のミュージシャンは顔を見合わせ頷いた。その時、魔矢はふと思いついて尋ねてみた。

「あんたらの社長さん、プロレスの古い資料を持ってるかな。以前、髪切りマッチをやったアキ津南のことを知りたいんだけど。『女子プロレス名鑑』という本に出てるのが最後らしいのよ。一九九七年に出版されたそうなんだけど……」

「たぶん、持ってると思うよ。新橋《しんばし》の事務所には、今でも女子プロレスのポスターを貼っているぐらいだから」

三人目の男、長身のクラリネット奏者の赤羽が応えた。

「じゃあ、明後日来る時にその本を持って来るように社長さんに頼んでよ」

魔矢はそう言い残してカウンターに戻った。ちょうどズボンのポケットで携帯が鳴り出した。

慌てて出ると、山手巡の声がした。

「大九組が勝利者賞の賞金を五十万円から百万円に引き上げてくれるらしい」

「そりゃすごいね」

「明日の件だが、昼食を食おう。関内《かんない》の『ニューシルク』で午後一時に待ってるよ。御馳走するから」

と大声で言った。

へぇ！「ニューシルク」とは……。魔矢は驚いた。「ニューシルク」は横浜では一、二を争う高級フランス料理店。ドケチな山手としては異常なハリキリ様だ。

4

翌十二月十八日水曜日。鬼剣魔矢は一二時過ぎに、横浜関内の高級フレンチレストラン「ニューシルク」に入った。

分厚い赤い絨毯《じゅうたん》にきらびやかな照明、重々しい家具。入り口からして「高級」と自己主張しているような店だ。

「いらっしゃいませ。失礼ですが、どちら様でしょうか」

タキシード姿のウェイターが、魔矢のジーパンを咎《とが》めるように見ながら尋ねた。

「山手巡さんの名で予約してあると思うんだけど……」

魔矢がそう応えると、その声を聞きつけたのだろう、すぐに玄関脇のベンチから山手の小柄な姿が飛び出して来た。青い背広にえんじのネクタイ。まるでリクルートルックだ。


「お席のほうにご案内致します」

待つ間もなく別のウェイターが来て、二人を奥まったテーブルに案内した。隣は外国人を含む四人連れだ。

「昨日『江戸川会』というファンクラブの連中が来てね、髪切りマッチには幟《のぼり》を持って千夏の応援に来るそうだ。百枚の団体券を買って行ったから相当な人数らしいぞ」

席に着くと山手はすぐに話し始めた。

「私にだって応援団は付いてるよ。明日の公開練習には音楽事務所の川口という社長が来るからね。私の入場の時には応援歌を演奏したいんだって」

魔矢はそう言い返した。

「へえ、音楽事務所の社長ね」

山手はちょっと戸惑《とまど》いの表情を見せたが、すぐ「ギャラはいらないんだろうな」と問い返した。

「当然ノーギャラでしょう。私の応援に来るんだから」

魔矢はそう言ってから、昨日ラッシャー牛尾に撮らせた写真を見せるため、携帯を取り出した。

「私はこのスタイルでやりたいんだけど……」

「うん。これはイケてる」

山手は最初の二、三ポーズを見ただけで頷《うなず》いた。そしてすぐに続けた。

「これなら入場の際には帽子をかぶったほうがいい。この赤いガウンなら黒い帽子に赤いリボンなんか巻いてさ」

と言い出した。それを聞いて魔矢は「あ、そうか」と合点した。

すべては、武州銀行相模支店長の砂場正一から出たことなんだ、と。

帽子の話を言い出したのは、清掃員の神田のおばさん。そして、魔矢の携帯を砂場支店長に見せて「帽子をかぶったほうがいい」と提案した。それに乗り気になった砂場支店長は「大九組」に勝利者賞の増額を頼み、それを伝えるという口実で山手巡を呼び出させて、帽子のことも伝えた。それを知ってか知らずか、山手は「大九組」の賞金値上げを自分の手柄のように吹聴している。

魔矢がそんなことを考えているちょうどその時、先刻のウェイターが「お飲み物は何か」と言いながら、小型のメニューを差し出した。

「私は水でいいよ」

「エビアンのガス入りでよろしいでしょうか」

「ガスなしがいい。普通の水で……」

魔矢が持ち前の不愛想で言うと、山手は慌てて「シャンパンでもどうかな、一杯だけ」という。

「駄目よ。お酒は。今日の午後はラッシャー牛尾さんにデカい相手を仕留める技を教わることになってんだから」

「え、ほんとか……」

と山手は驚いた。魔矢が本気で勝とうとしているのを感じたらしい。

「ラッシャー牛尾は一九〇センチ・一三〇キロの大男なのに、一七五センチ・八〇キロのピューマ黒川に負けてるのよ。その時のピューマ黒川の戦法を教えてくれるって」

魔矢が咄嗟《とっさ》に思いついた作り話だが、山手は信じた。

「それって、どんな戦法かな」

山手は酒の注文も忘れて、じっと魔矢を見つめた。

「最後の決め手は今日教えてもらうんだけど、まず長期戦に持ち込むことだって。デカい選手はスタミナ切れするからね」

魔矢は山手が一番嫌うことを言った。プロレスで長い消耗《しょうもう》戦は、ファンを退屈させる恐れがある。

「ふーん。そうか…」

山手は悟ったように呟いてから、立ち尽くしているウェイターに叫んだ。

「俺も水でいい。ガスなしの水で……」


結局、この昼食で決まったのは、魔矢のセコンドにラッシャー牛尾を、江戸千夏のほうにはむすめド権藤こと権藤小百合を付けることだ。

山手は分厚いビーフステーキを頬張りながら、「凄い試合になるなぁ」と一人興奮していた。

ラッシャー牛尾は現役時代、長い腕を利用したラリアットで鳴らした悪役レスラーだ。権藤小百合は「女子大生レスラー」で売り出し中の善玉（ベビーフェイス）。魔矢とは三度対戦して魔矢の二勝一敗。いわば「仇敵のような関係」だ。この二人が双方のセコンドに付くことで、試合は一段と盛り上がるに違いない。山手巡としては精一杯のアイデアだろう。

5

翌十二月十九日木曜日。鬼剣魔矢は、手製のハムエッグと市販のヨーグルトで朝食を済ますと、南多摩の帝国プロレスの道場に出た。毎週月曜と木曜、格闘ユニバーシティが借りている馴染《なじ》みの道場だ。

今日は髪切りマッチ前の公開練習をやる。ムーサ大鐘、日暮里子、カルメン・ロメロら悪役組のほか、美濃秋乃や飛騨雪江ら善玉組の選手も集まったが、江戸千夏は来ない。月曜日の千夏の公開練習に魔矢が出てなかったのと同様、千夏も魔矢の公開練習は避けたのだ。多分、山手の策略だろう。

魔矢は破れたジーンズに黒いランニング、腰や膝《ひざ》に赤と青の布切れを縫い付けた「海賊スタイル」でこれに臨《のぞ》んだ。試合当日の衣装を事前に見せてはサプライズの効果が減る。

昼過ぎ、スポーツ新聞やプロレス雑誌の記者とカメラマンが二〇人ほど集まった。CSテレビのカメラも据えられた。ほとんどは顔見知りの連中だ。スポーツの世界は、種目それぞれはごく狭い世界だ。

公開練習は縄跳び、柔軟体操、受け身、の順。魔矢は股を開いて前に身体を折って顔を付ける。ヨガの高等技も披露した。身体の柔らかさは三四歳の今も初出場当時とほとんど変わらない。

「では、お待ちかねの公開スパーリングに入ります。質疑応答はそのあと一時半頃から行ないます」

山手がそう言った時、道場の正面ドアが開き、大きな人影が入ってきた。黒いトレーナーを着たラッシャー牛尾だ。セコンドを務めるので、律儀に見に来たらしい。すでに現役を退いて十年以上も経つが、記者には憶えている者もいて、小さな囁《ささや》きが生じた。

プロレスのスパーリングは、実戦さながらに跳んだり投げたり殴ったりを繰り返す。魔矢はまず日暮里子とカルメン・ロメロと、各五分間の格闘をやってみせた。ここで一分間ほど休んで次はムーサ大鐘と五分、最後は美濃秋乃と飛騨雪枝の二人を同時に相手にして一〇分間、乱取りをして見せた。

ムーサ大鐘の百キロを超える肥満体をスープレックスで後ろに投げ倒した時や、美濃・飛騨の二人を一〇連続の跳び蹴りで倒し続けた時には、記者たちからも、「なかなか好調らしいな」という囁きが漏れた。

そんな最中に、正面ドアからぞろぞろと四人連れの男たちが入ってきた。先頭の赤いブレザーは元カレのタケシ、続く青服の二人は王寺と赤羽、一昨日スナック「可奈子」に来た連中だ。最後の一人、グリーンの派手な替え上衣に赤いマフラーをしている初老の小男は音楽事務所の社長だろう。魔矢はスパーリングをやりながら、それを確認するほどの余裕があった。

初老の男は、スパーリング中の選手を無視して山手と名刺の交換をした。いかにも興行の裏を知り尽くしたといった態度だ。

スパーリングは全部で三〇分余りで終了。魔矢が汗を拭きはじめた時、

「魔矢、あまいぞ」

と声がして、黒い影がロープを跨《また》いでリングに入ってきた。ラッシャー牛尾だ。

「年寄りの出る幕じゃないよ」

と魔矢はいなしたが、ラッシャー牛尾はいきなり魔矢の腕を摑んでロープに振った。

一九〇センチ・一三〇キロの男性の引きはさすがに強く、魔矢の身体はロープの方に押し飛ばされた。こんな時、プロレスラーは必ず身を捻《ひね》って背中でロープに当たる。身体の正面で当たると胸や顔を傷付けるからだ。そして背中で当たれば前に跳ね返されるので、倒れないためには全力で走らねばならない。プロレスに入門してイの一番に教えられるのはこのことだ。

この時も魔矢は基本通りに背中で受け、前に走った。その首筋にラッシャー牛尾は長い右腕を叩き付けた。現役時代の得意技ラリアットだ。

強烈な打撃で魔矢の身体は空中で一回転、顔からマットに落ちた。

それればかりか、ラッシャー牛尾は倒れた魔矢の腕を摑んで引き起こし、もう一度ロープに振ってラリアットを喰らわした。

「なるほど、これは昨日習った、大きな相手に勝つ技の実践だな」

と魔矢は気づいた。だから三度目にロープに振られた時は跳ね返った身を沈めてラッシャーのラリアットを狙った腕の下を潜《くぐ》り、反対側のロープに当たると、反動を利用して低空の跳び蹴りをラッシャーの膝裏に浴びせた。

ラッシャーの巨体が崩れ、マットに倒れる。魔矢はすぐにその足を捻《ね》じり、股に挟んで膝十字固めを決めた。ラッシャーがマットを叩いてギブアップしたのは五秒ほど後だ。

膝をさすりながら起き上がったラッシャーは、

「さすがは鬼剣魔矢だ。今度の髪切りマッチでは俺があんたのセコンドを務めさせてもらうよ」

と宣言した。

ああ、そういう仕掛けか、と魔矢は思った。永年プロレスをやって来た牛尾は、ファンにアピールする方法を知っているのだ。

魔矢は「まぁいいだろう」と言っただけだ。無愛想振りは魔矢の表看板、ここで握手したりしないのが悪役流の作法だ。


「では、これより鬼剣魔矢の記者会見を行ないます」

魔矢がリングに据えられたパイプ椅子に腰かけると、山手が叫んだ。

「三日間行方不明連絡不通ということだけど、どこで何してたんかね」

まず最初は、プロレス雑誌のベテラン記者だ。

「それはいえない。まぁ鞍馬《くらま》山で天狗と修行してたとでもしとこうか」

魔矢は予定した答えをした。

「セコンドはラッシャー牛尾さんできまりかね」

「帝都スポーツ」の初老の記者が尋ねた。

「私も今初めて申し出を受けたんでね。でもいいんじゃない、こっちは人手不足だから……」

魔矢はそう応えると、脇から山手が口を出した。

「先日決めた髪切りマッチ特別ルールでは、レフリーの指示を無視して試合に介入したセコンドは、所定の場所に手錠を掛けて繋ぐことになっています。ラッシャーさんがそれを承知なら、セコンドをやってもらっても結構です」

「わかってるよ。新聞で見たから」

ラッシャー牛尾が応えた。

「それより、相手の江戸千夏のセコンドは決まってるのかよ」

「ハイ」

山手は待ってましたと言わんばかりに、内ポケットから携帯を取り出した。

「江戸千夏のセコンドには、むすめド権藤こと権藤小百合さんと、先日『帝国プロレス』のミドル級チャンピオンに新任した品川弥助さんが付く予定です」

「へえ、そりゃ豪華メンバーだ」

誰かがそう叫び、記者たちが囁き合った。

「なんだ。千夏には二人も付くのかよ、セコンドが……」

魔矢が不満気に呟くと、ラッシャー牛尾が、

「俺も相棒を探して来る」

と応じた。

「では、この辺で記者会見を終わります」

山手がそう言って、会見を打ち切った。知り合いの女性記者が寄って来て、

「魔矢ちゃん、がんばってね。その長い黒髪、剃られちゃ駄目よ」

と囁きかけてきた。

「私は負けないよ、絶対に」

魔矢もそんな言葉を返して、女性記者の手を握った。

魔矢はそのあと一五分ほど、個別の記者の質問や写真撮影に応じた。その間に道場入り口の脇の事務所机を囲んで、山手と、ミュージシャンたち四人が話し合いを始めていた。

主役は山手と音楽事務所の社長らしく、残りの三人は端の方に座っている。特にタケシは一番端で俯《うつむ》き加減に背を丸めている。元の彼女の縁で売り出しの機会を摑もうとしている自分に恥じ入ってるのだろうか。

魔矢はそんなことを考えて、この協議には加わらないことにした。そんな魔矢に話しかけて来たのはラッシャー牛尾だ。

「もう一人のセコンド、誰にするかな。ムーサに頼もうか」

「ムーサじゃ駄目よ。ありきたりだから。それより、国際レフリーの雲路さんがいいよ。この前の私と権藤小百合の試合で恨み合ってるからね。小百合と雲路さんは……」

魔矢がそう言うと、ラッシャー牛尾は、

「さすがだね！」

と叫んで手を打ち、その場で携帯電話を取り出した。そして出てきた相手と少ししゃべったかと思うと、「雲路さんだよ」と言いながら、電話を魔矢に差し出した。

「今、記者会見をやったんだけどさ、雲路さん、私のセコンドに付いてくれないかな。髪切りマッチで」

魔矢がそう言うと、雲路は待ってましたとばかりに叫んだ。そして、

「そりゃあ当然だ。あの特別ルールは俺が作ったんだからな。その俺が魔矢ちゃんに付けば盛り上がるよ。善は急げで、謀《はかりごと》は密なりを以《もっ》て良しとすというからな、今からすぐに会って、相談しよう」

と言い出した。

「もう一人、ラッシャー牛尾さんもセコンドに付けたいんだけど、いいかな」

「いいとも、いいとも。ラッシャー牛尾さんなら現役時代からよく知ってるから」

嬉しそうに応えた。そして、

「今俺、後楽園にいるんだけど、すぐそっちに行くから三人で相談しよう」

「そうね。私もまだ昼ごはんを食べてないから、食べながら話しましょう」

魔矢はそう応じ、一時間後に川崎駅前の中華料理店「大北京」で会う約束をした。

事務所机の周囲では、山手とミュージシャンたちの話し合いが続いている。どうやら音楽事務所の川口社長の自慢話が主になっているらしく、三人のミュージシャンは手持無沙汰《ぶさた》、特に右端に座ったタケシは俯いたままだ。

一方、リング周辺では清掃が始まっている。記者たちの使ったパイプ椅子を所定の位置に積み、リングのマットを折り畳んで帝国プロレス用のものに替える。トイレやシャワールームの掃除も欠かせない。

二〇分ほど、魔矢も掃除を手伝った。「格闘ユニバーシティ」のメンバーで掃除作業を免《まぬか》れているのは、マネージャーの山手巡と先輩格の江戸千夏だけだ。

清掃を終えて、魔矢とラッシャー牛尾が出ようとすると、山手が追って来て、

「牛尾さん、ありがとう。宜しくお願いします」

とペコリと頭を下げた。そして魔矢のほうに向かって、

「お前の応援バンド、何とか試合前に入れてやるからな。あと著作権の問題さえはっきりすればな」

と言った。テレビ放送や販売用ＤＶＤに入る音楽演奏のことを言っているらしい。

6

午後四時少し前、鬼剣魔矢とラッシャー牛尾は、川崎駅前の中華料理屋「大北京」に入った。店内には赤いテーブルが二〇ほど。この時間では客も少なくて二組だけ、雲路みつるはまだ来ていなかった。

魔矢はチャーシューメンを、ラッシャー牛尾は餃子とビールを注文した。

注文の品が出来上がり、食べ始めたタイミングで雲路が到着した。

「いやあ凄いな、魔矢ちゃん。相手の江戸千夏は権藤小百合と品川弥助がセコンドに付くんだって」

雲路は座ると同時にしゃべりだした。手にしたアイパッドで「格闘技通信」のホームページを映している。

「そうなのよ。だからこっちも二人のセコンドを付けたいのよ。ラッシャーさんとあんたと」

「それはおもしれえ。権藤小百合はこの前、俺が反則負けにした恨みがあるからね」

雲路はそう言って、クックックと笑った。

「俺とラッシャーさんが組めばいろんなことができるよ。ラッシャーさんは身体が大きいからリングサイドからでも手を伸ばして介入できるし、俺は言葉で試合を掻きまわせる」

雲路は得意気にまくし立てた。だが魔矢は、それじゃあ並みの悪役遊びじゃないか、と思った。

「今度ばかりは真っ向勝負といきたいからね、あんまり手出しをしないでよ」

と魔矢は頼んだ。

今度は、ラッシャー牛尾が別のことを言いだした。

「魔矢ちゃんが勝った場合、それで格闘ユニバーシティが凄く盛り上がるように考えないといかんよな」

「そりゃそうだ、たしかに」

魔矢は手を叩いた。私が勝ったほうが長期間興行が盛り上がる。そんなストーリーを出せば、みんなも納得するはずだ。

午後六時過ぎ、打ち合わせを終えて「大北京」を出た鬼剣魔矢は、少しばかり商店街をぶらついてから、スナック「可奈子」に行った。

いつもより一時間近く早かったが、可奈子ママは白い和服姿に襷《たすき》掛けをして、店の掃除をしていた。十二月連休前のハナモクだから、スナック経営者は張り切っている。

「魔矢ちゃん、よく来てくれたわね。今日は公開練習だからダメかと心配してたのよ」

可奈子ママはそう言って笑った。プロレス引退後は激ヤセ。スラリと伸びた背と大きな目が五十女の魅力を発揮している。

三〇分ほど経つと、アルバイトのバーテンダー・真人も来た。本職は近くのソフトウエア会社に勤めるプログラマーだが、最近はバーテンダーのほうが面白くなったのか、「いずれ俺も店をやりたい」などと言い出している。

「今、そこでさ、二人連れの警察の人がいてね、鬼剣魔矢の働いてるスナックはここか、と尋ねられたよ」

と言い出した。

「だから、俺、言ってやったよ。麻耶さんって人はいるけど鬼剣魔矢かどうかは知らないって」

「真人君、なかなかやるじゃん。アメリカ映画みたい」

可奈子ママは気軽に笑った。それにつられて、魔矢もついしゃべった。

「あの連中は、武州銀行相模支店の次長が変死した事件を調べてるのよ。南多摩遊園地の第二駐車場のトイレで後ろ向きに転んで、後頭部をぶつけて死んだのよ」

「へぇ、それはないでしょう」

可奈子ママは即座に首をふった。

「人間は後ろに倒れると、尻から落ちて手で庇《かば》おうとするものよ。背中から倒れるのは半年ぐらいプロレスの修行を積まなきゃできない技よ。でも、プロレスの技ができるのなら頭なんか打たない。仰向けに転んだ人なら手か肘《ひじ》を傷付けてるはずよ。だから、事故死ってことはないんじゃないの」

可奈子ママの意見は魔矢と同じ、やっぱり格闘技の経験者だ。

「私もそう思うんだけど、どうも犯人らしい者も、殺す動機のある容疑者もいないらしいのよ……」

「警察も探しあぐねてるのね」

可奈子ママは冷ややかに呟いた。

七時きっかり、可奈子ママが「準備中」の札を外すのを待っていたように最初の客たちが来た。その後も切れ目なくお客さんがやってくる。ようやく一息ついた時に、まるで見計らっていたかのように、魔矢の携帯が鳴った。山手巡からの電話だった。

「雲路さん、どう言った？」

山手はいきなりそう叫んだ。

「歓《よろこ》んで引き受けるって」

「よかった。それじゃ明日、みんなで打ち合わせをしようよ。明日の昼、この間のニューシルクを取っておくからさ。お前と雲路さんとラッシャーさんの三人で来てくれよ。雲路さんとラッシャーさんはお前から誘ってくれよ」

と早口で言った。

「毎回ニューシルクとは豪華だね、この頃」

魔矢は冷やかしたが、山手は、

「心配するなよ、全部俺が払うから」

と言って、電話を切った。

午後八時を過ぎ、客は増えている。魔矢は客へのサービスの合間を縫ってラッシャーと雲路に電話した。二人とも昼間は暇らしく、二つ返事で了承した。その時になって、魔矢は、山手に大事な用を言い忘れていたのに気が付いた。

タケシの属する音楽事務所の川口社長が、魔矢の頼んだ資料、『女子プロレス名鑑』を持って来たかどうかである。

もし持って来てくれたのなら、明日、ニューシルクに持ってきてもらおうと考えて、山手の携帯に電話をした。

だが、「おかけになった電話は、電波の届かないところにおられるか、電源が入っていないためお繋ぎできません」と、コンピュータボイスが繰り返されるばかりだ。

山手巡が携帯の電源を切るのは、二つの場合だけ。

プロレス会場か映画館に入った時。そして、大事な人との会議の時だ。今は後者に違いない。「山手の奴、また『大九組』の会長なんかと飲んでやがるんだな」鬼剣魔矢はそう思って、今夜の連絡は諦《あきら》めた。

7

翌十二月二十日金曜日、鬼剣魔矢は十時過ぎに目が覚めた。昨日は公開練習とバイトのスナック働きで疲れたせいか、遅めの起床だ。

すぐに身支度を整えて、髪の毛を梳《す》いて濃いめの化粧をした。とっておきの上等なスラックスを穿き、赤いシャツにラメの付いた上衣を着た。この前「ニューシルク」に行った時、汚れたジーパン姿を咎めるように見られたのを憶えているからだ。

「今日はこれでみんなを驚かしてやろう」

そんなつもりで、魔矢は下駄箱から黒いハイヒールを取り出した。この前、武州銀行相模支店のパーティ用に買った靴だ。

鬼剣魔矢が横浜関内の高級レストラン「ニューシルク」についたのは、一一時五〇分。約束の時間よりも一〇分ほど早かったが、山手巡はすでに待っていた。

「昨日来た音楽事務所の社長、私の頼んだ資料を持って来てくれたかな」

まず魔矢はそれを尋ねた。

「何の資料？」

山手はぽかんとした顔で問い返した。「心ここに在らず」という表情だ。

「女子プロレス名鑑よ。一九九七年に出た」

魔矢がそう説明すると、山手はやっと思いあたったように視線を戻して、

「ああ、持って来た持って来た」

と応えた。

「今、どこにあるの」

「俺のうちだ。大切に持って帰ったよ」

「え。あんたのうちなの？」

「じゃあ、今夜、お前のとこへ届けるよ」

と呟いた。依然として、心ここに在らずといった表情だ。

「必ずよ。髪切りマッチの前に見たいんだから」

魔矢は厳しい口調で言った。

「わかったわかった。お前んとこのポストに入れとくよ。お前がいなくとも」

そんな会話をしているうちに、まずラッシャー牛尾が、続いて雲路みつるが現れた。二人とも黒っぽい背広を着ている。高級レストランと聞いて柄にもない衣服を着たとすれば、魔矢と同じ心理だ。

「いやいや丁度いい。今日はお二人にお願いしようと思ってたんだ。髪切りマッチのセコンド

は、黒い背広に赤いシャツで頼もうって」

　山手は食事のテーブルに着くと、すぐにそう言い出した。

「魔矢も黒と赤の衣装だからね」

「ウーン。三人とも黒と赤で揃えるわけか」

　雲路が呻いたが、ラッシャー牛尾は、

「俺、赤いワイシャツなんか持ってないよ」

と呟いた。

「俺のサイズに合うワイシャツなんて、既製品ではないからな」

「アロハシャツでも何でもいいよ。胸元さえ赤く見えればいい」

　山手はいなすように言った。

「俺は上衣なんか脱ぎ捨てて大暴れするつもりなんだが」

　ラッシャー牛尾が野太い声を上げたのに対して、山手は細い指を立てて「ノーノー」と囁いた。

「お二人とも選手には手を出さず、リングに上がってレフリーに抗議をしてもらう。レフリーをロープ際に張りつける格好で激しくな」

「ああ、その間に私がさんざん反則するってわけ。目つぶしとか嚙み付きとか」

　魔矢は山手の意図を察して口を挟んだ。

「そ、それ！」山手は魔矢の顔を指差して叫んだ。

「それでたまりかねて権藤小百合や品川弥助がリングに入って来ると、『介入だ』と言って手錠で繋いでしまう。で、雲路さんが『俺の作ったルールだ』とか何とか叫んでね」

「そりゃ面白い。ルールが悪に味方するわけだ。今の世の中、そう思ってるやつも多いからな」

　雲路がそう言ってヒアヒアと変な笑い声で笑った。

「でも、それで千夏の髪を切るんじゃあ、後楽園ホール全体が鬼剣憎しになるな」

　ラッシャー牛尾が同情気味に呟いた。

「だからそのムードの中で宣言するんだよ、権藤組の権藤小百合、北国女子の長岡桃子、うちの美濃秋乃、それにフリーのカルメン・ロメロらがこれから一年、次々と魔矢に挑戦して、最後に江戸千夏が一年後の年末の大会で挑戦する、てのはどうかな」

　山手巡は手帳を見ながら言い、目線を上げて不安げに三人を見回した。

「それ、面白い、人気が出るよ」

　最初にそう言ったのは、魔矢自身だった。

「それならテレビの視聴率も上がるわ。誰が憎き魔矢をやっつけるのか、凄く盛り上がると思うよ」

「そらそうだ。小柄でずるくて勝ち続ける奴ってのは、男子プロレスにもいないタイプだな」

　ラッシャー牛尾が魔矢の顔を見て呟いた。

「そういえば、俺が留学していた頃、アメリカにそんなのがいたな。男子だけど」

と雲路みつるがしゃべった。

「金髪の美男子で、小柄なのに技も切れたが、反則も上手で、すごくずるい男だ。だから巧みな反則でタイトルを守っていた。誰がそいつを負かすかで盛り上がってたよ」

「ふーん、そっか。それを日本の女子でやろうっていうわけだな」

山手は頷いて魔矢のほうを見たが、その表情はいかにも不安気だった。自分の案が褒められると大威張りする山手にしては珍しいことだ。

あ。これは山手の思いつきじゃないな。昨夜、誰かに教え込まれた案だ、と魔矢は思った。山手が従順に従うとしたら、「大九組」の会長の大崎九郎だろう。髪切りマッチに百万円の勝利賞を出すスポンサーだ。

だが、すぐに別の可能性に思い至った。「大九組」がスポンサーになっているのは、女子プロレスファンの砂場支店長に頼まれたからだろう。そうだとすれば、この案もあの支店長が言い出したに違いない。

砂場支店長は、雲路が言っていたアメリカの男子プロレスラーのことを知っていたのかも。しかし、雲路がアメリカにいたのは二十年以上も前だから、そうだとすれば、砂場支店長は高校生くらい。あの人はその頃からプロレスファンだったのか、と改めて驚いた。

8

高級レストラン「ニューシルク」での会食が終わったのは、午後三時に近かった。

「まぁ、そんなところで明日はよろしく頼むよ」

山手はそんな言葉で打ち合わせを打ち切り、十万円近い食事代を現金で支払った。そして、株式会社「大九組」の名で領収書を受け取っていた。

「魔矢も明日の四時には後楽園ホールの控室に来いよ。俺はこれからレフリーと警備会社の連中との打ち合わせがあるからな、これで失礼するよ」

山手はそう言うと、ハーフコートを羽織って出て行った。魔矢はその後ろ姿に、

「あの本、『女子プロレス名鑑』、必ず届けてよ」

再度念を押した。何となく、探していたその本がうまく手に入ることが、明日の髪切りマッチの成功を占う運試しのような気がしたからだ。

雲路、牛尾、そして山手が店を出てしまい、魔矢が一人残された。

スナックのアルバイトは七時過ぎから。明日からは三連休、今日が今年最後の書きいれ時だ。

「それまで三時間あまり、何をするかな」

そう考えた時、魔矢は何だか神田のおばさんに会いたくなった。

「ラッシャー牛尾という元プロレスラーの大男と、雲路というホモ系のレフリーが、黒服赤シャツ姿で私のセコンドに付くのよ」

と教えてやりたくなった。

そうだ、それに明日の招待券も渡そう、私が勝つんだから神田のおばさんに見てほしいな、と思ったのだった。

関内から相模原駅前の武州銀行相模支店までは一時間足らず。鬼剣魔矢は閉店後の銀行に着き、まずＡＴＭルームを覗いてみた。

そこには何と、二、三人の客に混じって灰色の頭巾と白マスク、灰色エプロンという清掃員姿の上野みどりが灰皿を掃除していた。

「どうしたの？」

魔矢は驚いて訊ねた。

「今日は神田のおばさんが休みだから、私たちが掃除してるのよ。昼間は若い子らにやらせたんだけど、主任の私もやらなくっちゃね」

上野はマスクの中で呟いた。保護者の湯山次長を失ったので、支店の人間関係にも気を使い出したようだ。

「運転手の田畑君は？」

「車で待機してんでしょう」という。

「年末の金曜日だからね。支店長は大忙しなのよ」

清掃を終えた上野にくっついて、魔矢も用務員控室に入った。そこで上野は頭巾とゴム手袋、エプロンを外した。運転手の田畑が見ていたのか、机の上にはスポーツ新聞が開かれている。

左側のページには昨日の公開練習の写真があり、「魔矢、必殺の膝裏蹴りを披露」という見出しがついている。そしてその横には、同じくらいの大きさで「千夏のセコンドに小百合」という見出しがあり、「品川弥助も参加」の小見出しとともに、イケメン弥助の顔写真も出ていた。あくまでも江戸千夏を主役に、鬼剣魔矢を仇役にした組立てだ。

「明日の晩、これ見に来ない？」

魔矢は招待券を出して言った。

「行く行く、行きたい」

と上野は二つ返事で応じた。

「できたら二枚並びでちょうだいよ、隣りの子がプロレスファンなのよ」

「いいよ。でも神田のおばさんも招待したいな」

魔矢が呟くと、上野はちょっと考えてから「こうしたら」と言い出した。

「おばちゃん、今日は娘さんの急な用事で休んだらしいのよ。だから今日は渡せないけど、後楽園ホールの入り口に『神田様』で入場券を預けてあるからって、おばちゃんに電話したら？魔矢ちゃんの試合、とても楽しみにしてたから喜ぶわよ」

「あ、そう。娘さんの用事なのね。病気じゃないんだ」

魔矢が頷くと、上野は早速携帯電話を取り出し、神田の登録番号を押して魔矢に渡した。

しかし、受け取った携帯は長い呼び出し音のあとで「お呼び出しをしましたがお出になりません。発信音の後に御伝言を三分以内でどうぞ」というコンピュータ音に替わった。

魔矢は、

「鬼剣魔矢ですけど、明日の招待券を後楽園ホール五階の招待券窓口に預けておくから。よければ見に来てください」

とだけ録音した。

「後で電話してください」というのは、何となく気が引けた。


銀行を出た魔矢は、横浜のスポーツジムに行くことにした。四時半頃、スポーツジムに到着すると、店長が、

「麻耶ちゃん、よく来てくれたね」

と驚いた。

誰もが忙しい年末の金曜日、スポーツジムには客が少なく、ランニングマシーンも腕や足を鍛えるマシーンもがら空きだ。日暮里子も今日は来ていない。

鬼剣魔矢は、一時間ほどトレーニングジムで時間を過ごした。しかし、頭の中ではあれこれとりとめなく考えていた。

まずは、明日の髪切りマッチまでの食事の取り方だ。明日の七時半頃に試合が始まるとすれば、午後は飲食できない。正午までにタンパク質の多い軽食を済ませる。としたら、今夜の夕食は遅いほうがよい。スナックのバイトの後にするか、と魔矢は考えた。

次に、明日の試合のことを考えた。

あの二人、雲路みつるとラッシャー牛尾は巧くやれるかな、と心配になった。

そうだ、身体検査は選手だけ。セコンドまではやるまい。魔矢はそれに気付いて一人ほくそ笑んだ。

次には、神田のおばさんが今日欠勤した「娘さんの用事」とは何なのかと考えた。おばさんの娘さんは康美という名の看護師で横浜の病院に勤めている。それは魔矢自身が確認した。そしておばさんの話では恋人がいるらしい。「ひょっとしたらアメリカに行くかもしれない」とも聞いた。今日のおばさんの用事は娘さんの結婚か、アメリカ行きの準備かもしれない。それなら祝ってあげたいな、と魔矢は思った。

スナック「可奈子」に出勤する前、魔矢は山手巡に電話した。

「明日の入場券、一枚取り置きしといて」

「あのミュージシャンなら特別スタッフで入れてやるよ」

「違う違う、武州銀行の人よ」

「武州銀行の支店長には『大九組』から回ってるはずだがな。えらい人気で、チケット売り切れなんだぜ」

山手は恩着せがましく言った。

「それに、中野弁護士や権藤組からも要求されてんだ」

「とにかく、私が呼びたい人の分なの。一枚頼むよ」

魔矢は腹が立って叫んだ。

「わかったわかった。それじゃ、俺の持ち分から出すよ。南三列一一番、特別席だぞ」


午後七時少し前。スナック「可奈子」に出勤すると、可奈子ママが、

「あら麻耶ちゃん、よく気が付くね。ワンピースにハイヒールで来てくれるなんて」

と喜んだ。可奈子ママ自身は、昨日の和服ではなく、藤色のロングドレスで着飾っている。

「明日から三連休だから今日がクリスマス・イブよ」

と、自らシャンパンを二人分注いで乾杯した。

「これでは早く帰るわけにもいかない」

魔矢は、明日の試合を心配しながらも、十一時まで付き合う覚悟を決めた。ただし、今日はお酒は一切なしだ。

9

スナックの仕事を終えて、魔矢が新横浜のアパートに帰りついたのは午後十一時半だった。郵便受けに、分厚い大型封筒が差し込まれていた。

表面には宛先住所はなく、「マヤ様」とだけ大書してある。裏面には「約束の女子プロレス名鑑入れておきます。貴重な資料なので川口音楽事務所に返却して下さい─山手巡」とある。

「山手の奴、明日の試合でヘソを曲げられては困るから、約束通り、今日のうちに届けてくれたんだな」

と魔矢は思った。

アパートの部屋に入り、コンビニで買ったハンバーグ弁当をレンジで温め、ヨーグルトと健康飲料で遅い晩飯を済ました。そこで魔矢はやっと一息入れて、山手の届けてくれた封筒を開いた。

『平成九年版女子プロレス名鑑』はA4判二百頁ほど、全頁アート紙の重いムックだ。

最初のグラビアには一九五〇年代からの「名勝負」が出ている。当時来日したアメリカ女子プロレスからはじまって、マッハ文朱やビューティ・ペアなど、魔矢の生まれる前の試合も並んでいる。

その中に「一九八九年ベストバウト」として、「マッキー斉藤vsアキ津南」があった。写っている写真は勝負を決めた大技、禁じ手の「津波スペシャル」の場面だ。アキ津南が頭上にマッキー斉藤を乗せ大きく反り返して落とそうする瞬間を撮ったものだ。

アキ津南は口を「への字」に結んで渾身の力を首筋に蓄えているのに比べ、頭上に乗せられたマッキー斉藤は慌て気味だ。口を開き両腕を前に突き出している。すべてが激しいスピードで動いていることは、マッキー斉藤の髪の毛が前に靡《なび》いていることからもわかる。これまで魔矢が見た古いプロレス雑誌のコピーではわからなかった細部までが、アート紙の写真には鮮明に出ている。

「なるほど……こういうことか」と魔矢は思った。

そして、「この技は私にはできないだろうなあ」と呟いた。相当な腰と首の強さと、タイミングの熟練が必要な技だ。

魔矢は『女子プロレス名鑑』のページをめくった。真中から後は、過去から発行当時までの女子プロレスラーの紹介だ。一ページに三人ずつ、約三〇〇人が紹介されている。

左側に名刺大の顔写真、右には生年月日、出身地、デビューの年月日や所属団体、得意技に獲得タイトル、好みの音楽や食べ物、座右の銘などが記されている。

「へええ、昔はこんな本まで出版されていたんだな」と、魔矢は思った。一九九〇年代までは、二〇〇〇円の『女子プロレス名鑑』が引き合うほどに売れたらしい。

いま、女子プロレスの試合で販売しているものと言えば、人気選手のＤＶＤやポートレート、うちわ、Ｔシャツなどで、特定の選手のファンには買ってもらえるが、選手全員の情報がわかるこういう名鑑は難しいだろうな、と魔矢は思った。

北陸女子プロレスの創始者、秋田小町は始めのほうに出ていた。江戸千夏は三ページほど後に「期待の若手選手」として出ている。

さっきまで一緒にいたスナックのママは「クレージーホース火奈子」の名で出ているし、権藤ママも「マッキー斉藤」の名でサ行のページに出ていた。この本が出版された一九九七年には、みんな現役だったのだ。

「アキ津南は？」

魔矢は探した。そして、やがて見つけた。

タ行の三ページ目、青い水着姿の写真が載っている。褐色に染めた長めの髪を肩に垂らして正面を見つめている。大きな二重まぶたに奇麗な形の鼻、ふっくらとした頰と意志の強そうな口元。そしてプロレスラーらしくないなで肩。かなりの美形だ。

この写真を見た瞬間、鬼剣魔矢は、どこかで見た顔だなと思った。

右側には「アキ津南・本名　津南明子　秋田県出身。一九七二年デビュー。全日本女子プロレス所属」とあり、そのあとには「全日本女子チャンピオン、アジアタッグ選手権者一九八九年ベストバウト賞受賞」などが記されている。最後の段には「一九九〇年引退して結婚、九一年四月に女児を出産」と付記されている。

他の引退選手には、一度引退して再登場したとか、某団体でコーチとかも記されているが、アキ津南の記述はそこでぷっつりと切れている。それ以降の情報は編集部でもわからなかったらしい。

「どっかで聞いたような話だな」

健康飲料を飲み終えた鬼剣魔矢は、アキ津南の写真を見ながら考えた。そして約一分後、

「あ、そうだ、神田のおばさんだ！」

と叫んでいた。

10

顔はたしかに変わっている。神田のおばさんの頬は削れ、口元は緩み、顔にはしわができている。それでも、大きな二重まぶたと筋の通った鼻、がっちりとしたアゴは写真のままだ。

一九九一年に女児出産というのも同じだ。

「神田のおばさんの名は神田明子だから、本名津南明子が神田姓の男性と結婚して神田明子になったんだ」と魔矢は考えた。

「そういえば……」魔矢は、次々と思い当たる節が出てきた。

プロレスを初めて見た人はみな、「痛くないの」と尋ねる。上野みどりも田畑も、そう尋ねた。だが、神田のおばさんは尋ねなかった。プロレス経験者だったら、そんな質問はしないのも当然だ。

それだけではない。

アキ津南は、髪切りマッチに勝った直後にホストクラブのホストと結婚。自分はプロレスを、夫にはホストをやめさせた。マッキー斉藤の話では、ホストをやめた夫はバイク便の配達員をしていたという。

神田のおばさんは夫の職業を言わなかったが、「交通事故で死亡したので、しばらくは子を育てながら保険金で食べていた」と言っていた。

ホストをやめた夫がバイク便の配達員になり、そして交通事故に遭ってしまった……。

その時のおばさんの心境に、深く同情した。

「私がホストをやめろと言わなければ、と嘆いたことだろうな」

と魔矢は呟いていた。

そしておばさんは、再婚もせずに娘を育てた。みどりのおばさんや信用金庫の清掃員をして……。

そこまで考えた時、魔矢の脳裏に恐ろしい思いが走った。それは雷鳴のようであり、鬼が駆け抜けるようなものであった。

「神田のおばさんがアキ津南だとすれば……。あの日、十月二十日午後九時に、多摩原遊園地のトイレで、生涯最後の津波スペシャルを演じたのではないか」という思いだ。

あまりに衝撃的な思いつきだったが、そう考えるとさまざまな辻褄《つじつま》が合う、と魔矢は思った。

神田のおばさんの娘の康美は看護師。湯山次長の次男は医師。共に神奈川県勤めなら出会う機会は十分にある。娘の康美が母親似の美貌ならば、恋に落ちる可能性も高いだろう。

ところが、親父の湯山次長は「うちの息子は医師だから、結婚相手は病院長の娘でなけりゃ」と銀行内でも公言してはばからなかった、と言う。

そして、湯山次長は個人病院に息子を勤めさせ、跡取娘と結婚させようと謀《はか》った。

「それが、あの岩切病院なんだ」と魔矢は呟いた。

でも、湯山の次男は当然のように、病院長の娘との結婚には気が進まなかった。

しかし、清掃員の娘の看護師との結婚に、父親の湯山は絶対反対。困り果てた次男は「アメリカに研究に行く」と言い出した。次男が研究留学を申し込んだのは、湯山の死よりずっと前のはずだ。それでも父、湯山の反対に遭って躊躇《ちゅうちょ》したのだろう。

神田のおばさんが娘を連れて吉村弁護士を訪ねたのは、そんな事情を相談するために違いない。夫が交通事故でなくなったときに、知り合いに弁護士を紹介してもらったといっていたが、それがきっと吉村弁護士なのだろう。二十年ほどの付き合いで、困ったことが起きたらあれこれと相談していたのだ。

十月二十日の日曜日。私が新宿フォースで試合をしていたあの日、武州銀行相模支店では何が起こっていたのか……。

鬼剣魔矢は想像を巡らせた。あの日の午後、銀行の会議室に湯山次長が入って、タバコをふかした。

恐らく、一人でなかったのだろう。他人に気付かれないように、支店の戸口を開ける者。おそらく、神田のおばさんだ。おばさんは、ここで「最後の陳情」をした。

「お宅の息子さんとうちの娘との結婚を許してやってくれ。岩切病院への融資は過剰と支店長も言っている。無理をしては息子さんのためにもならない」と説いたことだろう。

だが、湯山次長の返事は冷たかった。「マトモ建設」やホテル「Ｈ２Ｏ」の融資は支店長の指示通り回収するが、岩切病院は息子のためにも融資を続ける。そう支店長に頼む、というようなものだったろう。おばさんは失望した。

そうなると、最後の可能性は支店長だ。砂場支店長が湯山次長の提案を蹴って、「岩切病院への過剰融資も回収する」と宣言してくれることを願ったはずだ。

だから、会談の結果が知りたくて遊園地の駐車場まで後をつけた。

いや、おばさんは会談場所を知っていて、駐車場で湯山次長の出て来るのを待っていたのだ……。

いろんな情景が魔矢の脳裏に浮かび、気が付いた時には午前三時を過ぎていた。

「大変だ。明日は、いやもう今日だ。大事な髪切りマッチがあるのに」

そう思い急いで布団に入ったが、頭の中では事件のことがグルグル回り、目には神田のおばさんの顔が浮かんでくる。

魔矢が眠りについたのは、その日の朝に近かった。

8章 決戦の日

1

十二月二十一日、土曜日。髪切りマッチ当日。

鬼剣魔矢が目覚めたのは、午前九時過ぎだった。眠りは浅く短く、身体が重い。

「今日は髪切りマッチ、やっぱり緊張してんだ」

魔矢はそう思いながら、顔を洗い髪を梳《す》いた。長い黒髪をヘアブラシで撫でながら、「これも今日限りになるかも……」という嫌な予感がした。

「いや、絶対に負けない。髪の毛よ、安心しろ」

魔矢は心のなかで呟いて、ニヤリとした。

いつものハムエッグを作り、トースト一枚とヨーグルトをキッチンの前のテーブルに並べた。この後は、試合が済むまで飲食はできない。魔矢はそれを考え野菜ジュースを追加した。試合前に食事をすると、試合中に気分が悪くなることがあるし、そうでなくても、おなかに蹴りやパンチが入ったときに、吐いてしまう危険があるのだ。

テーブルの片側には、昨夜見た『女子プロレス名鑑』が載っている。A４判のアート紙二〇〇ページの本は、小さなテーブルの上では圧倒的なボリュームだ。

魔矢はハムを箸《はし》で摘《つま》みながら、左手で『名鑑』を開いた。ごく自然に、昨日見た「一九八九年ベストバウト」のページが開いた。「マッキー斉藤vsアキ津南・敗者髪切りマッチ」の写真だ。

昨夜眠る前にもしっかり見たはずだが、明るい朝の光で見ると、微妙に感じが違う。アキ津南の頭上に乗せられた、マッキー斉藤の表情が凄い。口と眼を開き、両手を前に突き出している。よほど咄嗟で想定外だったのか、両手を後ろに拡げる「後受け身」の態勢にも入っていない。

対するアキ津南は、膝を伸ばしたままで上半身を反り返し、すでにバックドロップの体勢だ。〇・一秒後にはマッキーは頭から後ろ向けに落ちて瞬間失神、フォールを奪われることになるのがよくわかる。

「なるほど。肩の上でなくて頭の上に乗せられたんではびっくりだよな。足が交互に握られちゃうんだもんな……」

鬼剣魔矢は改めて、この技の凄さを感じた。

神田のおばさんが、アキ津南だとしたら。そしてあの日、十月二十日の晩に湯山次長にこの技を掛けたとしたら。

魔矢は昨夜の想像を思い返して身震いした。

だがその一方で、そんなのは私の空想だ、何の証拠もないんだと叱《しか》る自分がいた。

しかし、ずっと後のページの、アキ津南の略歴は、神田のおばさんにぴったりだ。何より、顔が似すぎている。そのことに、魔矢は苛立《いらだ》った。

こんなことを考えていたんじゃ試合に集中できない。神田のおばさんに会って確かめたいと思ったが、今日は土曜日、銀行は休日だからおばさんも出勤しているはずがない。

「よし、いっそのこと、多摩原遊園地の第二駐車場のトイレをもう一度見てみよう。私の想像を否定する証拠が見つかるかもしれないぞ」

そう考えた魔矢は、すぐ行動を始めた。

今日の試合で使用する赤い炎柄の付いた黒のタイツと水着、入場の時に羽織る黒い襟の付いた真紅のビロードガウン、赤と黒のレスリング・シューズなどの衣装一式をカーキ色のリュックサックに詰めた。身にまとったのは灰色のジャンパーに普通のジーパンという地味な格好。髪は縛って登山帽をかぶり、青いズック靴を履いた。手にはいつものハンドバッグ、財布と携帯とカメラと手帳が入っている。

準備を整えて、魔矢がアパートを出たのは一一時過ぎだ。

「後楽園ホールには午後四時に入れば十分。五時間はあるぞ」

と魔矢は計算した。


新横浜のアパートから多摩原遊園地第二駐車場まで、電車とバスを乗り継いで一時間余、一二時半頃には目的地に着いた。

多摩原遊園地は三〇万平米もある広大な施設だ。正門前には団体バス用の第一駐車場が、西側の裏門脇には乗用車や作業車用の第二駐車場がある。それより西側の丘陵地帯はゴルフ場。第二駐車場のすぐ前にはクラブハウスが見える。

年末の土曜日、風は冷たいが空は晴れている。多摩原遊園地は家族連れで賑わっていた。改札の脇には「今日のステージ」という看板があり、「ゲーリー・タケシとダブルス」とある。「演奏開始」は「一二時・一三時・一五時」。

「え！　これってタケシのバンドじゃないか」と魔矢は驚いた。タケシたちは一五時のステージを終えてから、後楽園ホールに来るつもりらしい。

魔矢は一瞬、タケシたちのステージでも見ていくかと思ったが、そんな時間はない。魔矢の目的は遊園地ではなく、駐車場の奥のトイレだ。

駐車場の左端には缶入り飲料を売る自動販売機が並んでおり、焼肉レストランがある。ちょうど昼食時なので満員のようだ。目指すトイレはその裏手。崖っぷちに建っている。この前、早朝に来た時とは違って利用者が多い。これではさすがに、男性用トイレを覗くわけにはいかない。

しかたなく女性用トイレに入ってみたが、男性用トイレとは造りが全然違う。

女性用トイレは個室間切りだし、何よりも入り口の下り階段がない。崖っぷちに押し込んだ立地なので、男性用と女性用とは床の高さが違うのだろう。魔矢はしばらく、トイレの周囲をうろうろしていた。

間もなく午後一時のチャイムが鳴り、二人連れの清掃員のおばさんがどこからともなく現れた。ゴム長靴にゴム手袋の完全武装だ。同じ清掃員でも、神田のおばさんと違ってしゃれっ気は全くない。

清掃員のおばさん二人は、男性客を押しのけてトイレに入り、すぐ鉄製の「通行止め」の移動柵を奥から出して来た。工事現場の道路に置かれているごくありふれた柵だ。

二人の清掃員のおばさんは、持ち出した柵に「只今清掃中」の札を掛けて脇のベンチに腰掛けた。利用客の途切れるのを待つ姿勢だ
五、六分経っただろうか、二人のおばさんが立ち上がり、男性用トイレに入った。魔矢もそのあとから、こっそりと男性用トイレに入った。
下り階段が五段、正面には男性用小便器が九つ。右端の二つは子供用だ。階段の脇には手を洗う台が三基、その先には大便器用の囲いが三つある。

すべて前に見たときと変わりがない。ただ、昼の光が高窓から差し込んで、明るい。そのせいか天井の高さが目立った。天井は隣の女性用と同じ高さなので、階段を下りた分だけ天井が高くなっているのだ。白ペンキを塗った天井には汚れた蛍光灯が三本付いているだけ。夜は薄暗くなりそうだ。

ただ一つ、前に見たのと違うのは、入り口の下り階段にゴルフの練習場にあるようなグリーンの野外用の敷物が敷いてあることだ。

「これ、いつから敷いたの？」

魔矢は作業を始めようとしている、小柄なほうのおばさんに尋ねた。

「先月末からだよ。ここで事故があったとかで、慌てて敷いたんだよ」

おばさんは男性用トイレをうろついている魔矢に怪訝《けげん》な表情をしながらも、教えてくれた。

「どんな事故？」

とさらに尋ねたが、おばさんはそれには応えず、階段の上の入り口を顎で指していった。

「そしたら、先週は敷物の角に子供がつまずいて倒れたのよ。膝を怪我したって大騒ぎでさ。面倒なことだよ」

と不機嫌そうにしゃべった。

「へえ、いろんなことがあるのね」

しばらくすると、もう一人のおばさんが来て「終わったよ」と言った。二人で移動柵を持ち、「清掃用具」と表示された板囲いの中に入れた。

その時、鉄柵を運び終えた小柄なおばさんのポケットから、携帯電話の呼び出し音が鳴った。それを聞いた瞬間、魔矢は地震警報を聞いた時のようにハッとした。

「そうだ、携帯電話のことを忘れていた。あの刑事は、十月二十日の午後八時半から九時までの間に二回、神田のおばさんは娘さんに携帯電話をかけた、と言っていた。二度とも繋がらなかったが、その発信場所がおばさんの住所の地区だってことは確認されている。だからおばさんがその時間に自宅にいたのは確かだ。神田のおばさんには、アリバイがあるんだった」

魔矢はそのことを思い返しながら、遊園地のトイレから出た。

駐車場はほぼ満杯。土曜日の遊園地は混みだしていた。

「これでは謎を深めに来たようなものだ」

魔矢は苛立った。魔矢の考える「神田のおばさんがアキ津南だった」説も、おばさんにアリバイがある限り、何の前進にもなっていない。

「気色悪い。こんな気分ではますます試合に集中できないぞ」

と魔矢は思った。

時刻は一時半。後楽園ホールに四時に入るとすればあと二時間半しかないが、ぎりぎりは六時でもよい。時間はある、と魔矢はそう自分にいい聞かせた。

2

多摩原遊園地第二駐車場から横浜医療センターまで、タクシーと電車を乗り継いで約五〇分。鬼剣魔矢は午後二時過ぎに、医療センターの「面会者窓口」に着いた。

まず面会申込書を書く。「訪問先」には「第二内科看護師―神田康美」と記入し、「訪問者」の欄には「木崎麻耶」と本名を書いた。

ところが、五、六分も待たされたのち、受取窓口の女性から返ってきた回答は、

「看護師の神田康美さんは、今月はじめに退職されていますというものだった。

「どうして急に……」

魔矢は意外なことに慌て、前回の電話と同じ手を使った。

「神田康美さんの連絡先はわかりませんか。康美さんと私は高校の同級生なんだけど、担任だった先生が昨日亡くなって、今夜お通夜なんです。是非それを報《しら》せたくて」

「じゃあ、第二内科の看護師詰所でお尋ねください」

中年の眼鏡の受付係はあっさりと言い、「面会人」と書いたプレートを差し出してくれた。

さらに、「第二内科の看護師詰所は四階のエレベーターの右側ですよ」と教えてくれた。

教えられた通り四階でエレベーターを降りると、すぐ右側に看護師詰所があった。カウンターとガラス壁、後ろには書類と機具を収める棚があり、その奥は休憩室らしい。

土曜日の午後だからか、人影が少ない。詰所には六〇歳近い太った女性と二〇代前半の小柄な女性の二人がいた。いずれも白衣に白頭巾の看護師姿だ。

「神田康美さんに連絡したいんですけど……」

魔矢はまず年配のほうに話しかけた。

「退職しましたよ、神田さんは。今月はじめに」

太った年輩の看護師はつっけんどんに答えた。

「今の連絡先、わかりませんか」

魔矢はそう言った後、先刻の嘘を繰り返した。

「私と神田さんは高校の同級生で仲良しだったんですが、その担任の先生が昨日亡くなって、今夜がお通夜なの。それを神田さんに報せたくて……」

「へぇ、あんたと神田さんが同級生？」

年配の看護師は、疑わしそうに魔矢を見た。それもそのはず、神田康美は一九九一年生まれの二二歳のはずだ。魔矢よりも十歳以上も若いのに「高校の同級生」では、疑われるのが当然だ。

「私は芸能関係の仕事をやってたんで、高校に入ったのが遅いんです。歳は離れてるけど同級生だったんです」

魔矢は大胆に嘘を重ねた。これに、脇の若い看護師が反応した。

「芸能人やってたんですか！　歌ですか、それともお芝居？」

「いえ、私……。踊りです、コーラスグループのバックダンサーを十年ほどやってまして」

「わあ凄い。じゃあテレビなんかも出たんだ」

若い看護師は満面の笑顔で叫んだ。

「それから康美さんと同じ、神奈川実践女子高に行ったのね」

「そう、そうなんです」と魔矢は頷いたが、神田康美が神奈川実践女子高校という学校を出ているのを知ったのははじめてだ。

「ええと、連絡先は神田明子方になっているけど、そこにいるかどうか……」

年輩の看護師がコンピュータの記録を見て言った。

「そこにいるかどうかって、別のところにいるかも、ということですか？」

魔矢の問いに、噂好きなのか、若い看護師が顔を寄せて教えてくれた。

「康美さんには恋人がいるのよ。もうすぐ結婚するかもよ」

「へえ、やっぱり……」

思わず魔矢は呟いた。そして思い切って尋ねてみた。

「湯山という先生ですよね」

「そうそう」

若い看護師は頷いたが、年配の看護師は、「プライベートのことは存じません」とピシャリと言った。そして、

「神田さんに突然やめられたんで大変なんですよ。当直のローテーションが変わっちゃって。本来なら明日の日曜日は神田さんが当直夜勤のはずだったのに、私が代わりにやらなきゃならないのよね」

年配の看護師は、コンピュータの画面に勤務表を映し出して呟いた。

「私は当直明けの日はひたすら眠っていたけど、康美さんはお母さんのマンションによく行っていたみたいですよ。看護師寮で同じフロアだったから、そんなことをよく言ってましたよ」

噂好きらしい若い看護師が、再び話題を神田康美の話題にしてくれた。

「ああ、なるほど。神田さんは高校でも一卵性母子と言われたほど、お母さんと仲が良かったですからね」

魔矢は、武州銀行の用務員控室で「娘が作ってくれたのよ」と嬉しそうに弁当を頬張っていた神田のおばさんの顔を思い浮かべ、言ってみた。

「そうなんですよ。恋人の家に泊まり込んでるのかと思ったら、お母さんのところだったりして……」

若い看護師はそう言って、おかしそうに笑った。

「どうもありがとうございました。お母さんのとこへ連絡してみます」

魔矢は、二人にお礼を言って、一階に降りた。

そして、ロビーのソファに座ると、手帳を取り出して、これまでの推理をまとめることにした。


十月二十日は、康美はたぶん当直明けだったのだろう。午後には、おばさんのマンションに行っていた可能性がある。いやそうに違いない。

娘の康美も、あの日、神田のおばさんが恋人の父親である湯山次長に会うのを知っていただろう。だとしたら、この重大な会談の結果が気にならないはずがない。

当直明けの休日の午後、康美はおばさんのマンションで、母親の帰りを待っていた。そう考えるのが最も自然だ。

魔矢は、その日のことを想像した。


……神田のおばさんと湯山次長は、武州銀行相模支店の会議室で向き合った。

日曜日の銀行はガランとして人気がない。おばさんは、必死に頼んだ。

「うちの娘の康美とお宅の息子さんの結婚を許して欲しいんです。二人は愛し合っているんです」

「岩切病院への融資は過剰だと、砂場支店長も言っているそうじゃないですか。無理をしても、息子さんの幸せにはならないでしょう」

そんなことも、おばさんは言っただろう。

しかし、湯山次長はタバコを吹かしながら聞き流した。いや口汚く罵《のの》ったかも知れない。そしてやがて「俺は支店長との会談がある」と告げて出て行った。

おばさんは腹立たしく思いながらあと片づけをし、タバコの吸殻を捨て、自分のマンションに帰った。そこには、会談の首尾を気にする娘の康美さんが来ていた。

だが会談の不首尾を聞いて落胆した。泣きじゃくったに違いない。何しろ相手の医者は優柔不断、強引な父親に引きずられて岩切病院をやめることもできない大人しいよい子だ。

嘆き悲しむ娘の姿を見て、おばさんは言った。

「もう一度、湯山次長に頼んでみよう。砂場支店長が『断固、岩切病院への過剰融資を直ちに回収しろ』と命じるかも知れない。そうなれば、湯山の息子も病院には勤めづらくなり、気の進まない病院長の娘との結婚を止める。ここはもうひと押し、うちの娘との結婚を許してやってくれと頼んでみよう。砂場支店長と会談する今夜がチャンスだ」

おばさんはそう考え、泣きじゃくる娘をなだめてマンションを出た。

「八時半か九時までには必ず湯山次長を説得する。湯山さんも、支店長から岩切病院への融資回収を命じられれば納得してくれるだろう」

とも言ったことだろう。

この時、おばさんは故意か過失か、娘の携帯電話と自分の携帯電話を取り違えた。娘の康美の手元に、おばさんの携帯電話が残されたのだ。そのことに気づいた娘は、母親が持っている自分の携帯に、母親の携帯から二度、電話した。しかし、おばさんは出なかった。

おばさんは、砂場支店長と湯山次長との会談が長引くことは予想していた。だから急がず慌てず、多摩原遊園地第二駐車場に行き、会談の終わるのをトイレの陰の薄暗がりで待った。

やがてお店の閉店時刻となり、三人が出てきた。粉浜清七と砂場支店長は車に乗り、湯山次長だけが残された。湯山は電話を掛けたが、これは短時間で終わる。湯山次長は遠目でも不機嫌、その様子におばさんは、てっきり支店長が、

「岩切病院への過剰融資はすぐに回収せよ」

と命じたものと思い込んだ。そして、それなら今が好機。気落ちした今こそ、お宅の息子さんとうちの娘との結婚を承知してもらう好機だと思った。すぐに湯山次長のところに行った。

だが、湯山次長の回答は違っていた。

「砂場支店長も岩切病院への融資だけはしばらく様子を見ようと言った。医療は成長産業だし、病院は日銭も入る上顧客だからと説き伏せたら納得した。こうなればいよいよお前の娘なんかとは縁切りだ」

湯山次長は、長年支店を牛耳《ぎゆうじ》ってきた自負と傲慢《ごうまん》をあらわにしてせせら笑ったことだろう。

それでもおばさんは粘《ねば》った。小一時間も押し問答を繰り返した。そして湯山はトイレに入り、放尿を始めた。

そう考えれば、湯山がなぜ駅のトイレを使わなかったかもわかる。そもそも、湯山は駅に向かって歩いていなかったのだ。おばさんとの話が長引いたため、ずっとトイレの近くにいたのだ。

おばさんにしてみれば、自分の言うことを聞いてくれず、それどころか突然トイレに向かった湯山が腹立たしくもあり、絶好のチャンスにも思えたことだろう。

怒りと屈辱で、本能的に体が動いたのかも知れない。

おばさんは湯山の開いた股に頭をいれて押し上げた。そして、三歩ほど退いて後ろに落とした。湯山次長の後頭部が落ちたのは下り階段の角だった。この衝撃で湯山次長は気絶、頭蓋骨破損で意識を回復することもなく死亡した。

この時おばさんは、清掃の時に使う灰色の頭巾をかぶっていたのだろう。だから湯山次長のズボンには頭髪も脂もつかなかった。そしてそのあとおばさんは、湯山次長の撒《ま》き散らしたタバコの吸殻を集めて持ち帰った。だからトイレの周辺には吸殻がなかったのだ。

一方、湯山と会うことを人に知られたくない砂場支店長は、灰塚に替え玉を頼んだ。灰塚はその役をうまく演じたが、女子プロレスラーの魔矢にはばれてしまったと思いこんでしまい、大男の粉浜を使って、魔矢に「他言無用」の脅しをかけた。全体の状況がわかっていない魔矢には、実はあまり意味のないことだったのだが、砂場との関係を重要視している灰塚が、つい先走ってしまったのだろう。

鬼剣魔矢は、病院のロビーで、そんなストーリーを手帳に書きつけた。

「これが今までに見聞したストーリーの中で、一番自然であり得るものだよな」

と一人呟いた。


その時、ハンドバッグの中で携帯電話が鳴った。

慌てて取り出して耳に当てると、

「魔矢か。今、どこにいるんだ?」

という、山手の興奮した声が飛び出して来た。

「横浜の病院だよ」

「何、病院! どこか悪いのか」

「違う違う、ちょっと用事があって来ただけだよ。病気でも怪我でもないさ」

山手は電話でも聞こえるほどの大きな溜息をつき、

「すぐに後楽園に来い。凄い人気で、窓口にも行列ができているぞ。それに試合前の花束贈呈の申し出も四件。全部江戸千夏にだけどな」

と大声で言った。

「ふん。それより、私の頼んだ神田さんへの取り置き、用意してくれたんだろうな」

「ああ、用意してある。まだ取りに来てないようだが」

山手は恩着せがましく言った。それを聞いて、魔矢は心の中で呟いた。

「もし、今日、神田のおばさんが来てくれれば私が勝つ。そして、このストーリーは誰にも言わない」

携帯電話をきって時間表示を見ると、四時四五分。

急いで後楽園ホールに向かわなくては。

3

京浜東北線と中央線を乗り継いで、魔矢がＪＲ水道橋の駅に着いたのは五時三〇分。人ごみを掻き分けて後楽園ホールのある「黄色いビル」にたどり着くのに、さらに一〇分ほどかかった。

裏手の非常階段を昇って四階の選手控室フロアに入る。

「あ、魔矢さん、山手さんが心配してますよ」

日暮里子が叫んだ。すでに格闘ユニバのマーク入りの黒いトレーニングスーツに着替えている。

「何が心配なんだよ。今日は私が主役なんだから、遅れるようなら開始時間をずらせばいいんだよ」

そう言い残すと、「鬼剣魔矢様」という札の掛かった控室へ入った。青コーナーから出るメインイベンター用の控室、通称「チャレンジャー・ルーム」だ。八畳ほどの部屋は半分が畳敷き、半分がリノリウム貼り。そこにスチール机とパイプ椅子二脚がある。

チャンピオンや先輩が赤コーナー。悪役は青コーナーである。

向かい側の大型控室、通称「チャンピオン・ルーム」では、江戸千夏がファンや記者と談笑している。笑い声も交じる楽勝ムードだ。

控室に入ってまず目に入ったのは、スチール机に置かれた大きなビニールの手提げ袋だ。中には白い箱が入っている。開けると、赤いリボンを巻いた黒い鍔広《つばひろ》帽子が入っていた。フラメンコダンスの男性がかぶるやつだ。

贈り主の名は「魔矢支援機構」。ホームページに魔矢贔屓の書き込みを続けているのと同じ名前だ。

「フン、魔矢支援機構はやっぱりあの支店長だな。フラメンコの帽子をかぶったらいい、というのは支店長のアイデアだからな。これは私の推理通りだ」

魔矢はそう呟いて少し悦に入った。そして、湯山次長の死亡事件も私の推理通りに違いないぞ、と思った。

「魔矢、来たか来たか。遅かったじゃないか」

そんな大声とともに山手巡が飛び込んで来たのは五分後、大試合を前に完全に興奮状態だ。すでにリングアナウンサー用のタキシードに着替え、開会挨拶用の紙片を握っている。

「ノックぐらいしろよ。女性の控室に入るのに……」

魔矢は冷ややかに言い返した。

「ああ、悪い悪い」

山手は機械的に謝ると、

「すごい人気だぞ。千夏の会見の後、ここにも記者が来るかもしれない。すぐに着替えをしろ」

と早口でまくし立てた。

「それよりタケシたち、バンドの連中は来てる?」

と魔矢は尋ねた。

「それが、まだなんだ。千夏の応援団が幟を百本も用意してんだからな。魔矢の応援団も精一杯派手にやってほしいよな」

「まあ、三時のステージを片づけて来るから、六時になると思うよ」

魔矢がそう言うと、山手は、

「三時からのステージまでやるのか、こんな日に」

と驚き、

「みなが勝手なことをするから、俺一人でてんてこ舞いだ」

と泣きそうな声を出した。

「じゃあ、試合の打ち合わせもしてないんだ。全然」

魔矢は山手の慌て振りがおかしくなってからかった。

「お前が今頃来たんじゃできるわけないだろうが」

山手は入り口付近を左右に動きながら大声で反論した。

「千夏は千夏で、クイズ番組への出演打ち合わせがあったんで、暇がなかったし……」

「あ、そう。それはいいね。千夏が丸坊主でテレビ番組に出たら、格闘ユニバの人気が上がるよ」

「ウーン、なるほど……」

一瞬、山手の表情がゆるんだ。そこを突いて魔矢は言った。

「とにかく、今日は私の思い通りにやるからね」

入り口で立ち竦《すく》んでいる山手に、さらに、

「ラッシャー牛尾さんと雲路みつるさんは来てる？　来てたらここに呼んでよ」

と言い付けた。不安と興奮で頭が動かなくなっているらしい山手は、ただ、「よしよし」と頷いて早足で出て行った。

山手巡が出て行くと、鬼剣魔矢は急いで着替えをした。二重にパンツを穿き、きつめのブラジャーを着け、黒に赤の炎柄の水着とタイツを着た。リュックから出した黒襟付きのガウンを羽織り、もらったばかりのフラメンコの帽子を斜めにかぶって鏡を見た。

「似合っている」と魔矢は満足した。

間もなくドアを叩く音がして、

「みつるです。入れてください」

という声がした。ドアを開けると、赤いシャツに黒い背広姿の、雲路みつるとラッシャー牛尾がいた。

「俺たちはどうすればいい」

と雲路が尋ねた。

「まずは、リングの金具を締める鉄の棒があるでしょ、長さ三十センチほどの細いの。あれを三本用意してください。私たち三人、それぞれ隠し持っていきます」

魔矢は昨夜考えたことを語り出した。

「でも、今日はリングに入る前の服装検査があるんだぞ。すぐ見付かるよ」

「そこですよ。私が考えたのは……」

魔矢はにやりと笑った。

「服装検査をするのは選手だけです。だから、私が鉄棒を隠しているのはすぐ見付かる。それで観客は『鬼剣魔矢は悪い奴だ』と思う。ところが、セコンドは服装検査がない。あんたら二人は鉄棒を隠し持ったままリングに入れるわけです」

魔矢がそこまでいうと、雲路みつるが、

「うん、わかった、わかった」

と叫んだ。

「それで頃合いを見計らって、俺が魔矢に鉄棒を渡すわけだ」

「そう、それで私は千夏の額を割って流血させる。その間、お二人は猛烈な抗議でレフリーをロープに押し込んでください。そしたら観客は騒ぎ、千夏のセコンドの権藤小百合や品川弥助も黙っていられなくなって……」

魔矢は自作の核心部分に入った。

「なるほど。小百合ちゃんや弥助さんがたまらずリングに飛び出す。それで特別ルールに則《のつと》って退場ってわけだ」

雲路はそういって嬉しそうに笑った。

「そう、善が罰せられ悪が残る。一番観客が騒ぐケースだよ」

魔矢はそう呟いて共演者の顔を見比べた。

「こっちも一人、雲路さんが退場になりなよ」

魔矢はそう提案した。

「これで試合は正常になる、と観客が思った途端に、牛尾さんから二本目の鉄棒が出て千夏は流血拡大、私も反撃を喰らって流血」

「女性同士の流血戦、英語でいえばブローバスタブ・ファイト。血の風呂桶戦というやつだな」

雲路は興奮して叫んだ。この男は何事につけアメリカ修行の見聞をひけらかす。

「まあ、これで三十分以上、試合時間が経過すると思うよ。そこから後は私と千夏の力比べ、根性比べさ」

魔矢はそんな言葉で話を終えた。

「ふーん、さすがだな。魔矢ちゃんは……」

雲路は呻《うな》っていたが、ちょっと間をおいて、

「今の話、千夏さんも知ってるよな」

と問い返した。

「フン、千夏が知るはずないだろう」

と魔矢は答えた。

「でも、そこまでやれば、千夏も私の主張がわかると思うよ。プロレスラーの勘で」

「フーン、そうかな」

牛尾は大きな顔を傾けた。


二人の男性が立ち去ると、魔矢は隣りの大部屋を覗いた。青コーナーから出る選手が七人、衣装係やヘアメイクの女性らと屯《たむろ》している。日暮里子、カルメン・ロメロ、ムーサ大鐘。北国女子プロレス所属の悪役三人、柴田勝枝と六文銭真子、武田風火。いずれもプロに徹した選手だ。

もう一人、今日がデビュー戦の巣鴨みつ子は緊張気味で膝の屈伸運動を繰り返している。中学の時には新体操の選手だったという一七歳だ。

魔矢はその中から巣鴨みつ子を呼び出して、

「ホールの入り口に神田明子様の名で取り置きしたチケット、あるかどうか見て来てよ」と頼んだ。顔の知られたメインイベンターの魔矢が、試合前に観客の前をうろうろするわけにはいかない。

みつ子の戻る五分ほどの間、魔矢は腹式深呼吸をしながら待った。横隔膜を引き下げて息を一杯に吸う練習だ。この術を憶えたお蔭で、魔矢のスタミナは増えた。長期戦でも息は切れない。

ほどなくして戻ってきたみつ子の報告では、「神田明子さんの名で南三列一一番のチケットを玄関フロントに取り置きしてあるけど、まだ取りに来てないそうです」とのことだった。

「あ、そう」

魔矢はあっさりと頷いたが、不安になった。

「神田のおばさんが来れば私が勝つ」と賭けた占いが頭の中で独り歩きし、「来なければ負ける」になっているのだ。

上の方から、観客が入場する足音が伝わり出した。

4

午後六時四五分。予告よりも一五分ほど遅れて、「格闘ユニバーシティ年末大会」は始まった。

すでに客席は、九割方埋まっている。恐らく、今日は超満員。後楽園ホールの定員一八一五人を上回る観客が入るだろう。販売するチケットの他に、招待客や記者たちの入場もある。

まずは、「開会セレモニー」。タキシード姿の山手巡のコールで出場選手が紹介される。呼ばれた選手たちは順にリングに上がる。ただし、「本日のメインイベント、時間無制限一本勝負敗者髪切りマッチ」に出場する江戸千夏と鬼剣魔矢は開会式に出ない。ここで顔を見せてしまうと、本番でのインパクトが低下するからだ。

「両選手に代わって、双方のセコンドを務める四人を紹介します」

山手巡が声を張り上げた。

「まず赤コーナー、江戸千夏選手のセコンドを務めるのは、権藤組認定女子チャンピオンの権藤小百合選手と帝国プロレス認定の世界ミドル級チャンピオンの品川弥助選手のお二人です」

山手のコールで二人はリングに上がる。どちらも白いトレーナー、胸と背には江戸千夏のシンボルマーク、金と朱色のひまわりが付いている。

予想外の人気選手の登場に場内は沸いた。

「続いて青コーナー、鬼剣魔矢選手のセコンドには、国際認定レフリーの雲路みつる氏と元全日本タッグ選手権者ラッシャー牛尾氏が付きます」

山手がマイクを握って叫んだ。場内に「オーッ」という驚きの声が生じる中、黒い背広に赤いシャツの二人の男が現れた。前のほうは小柄な雲路、後ろは一九〇センチ・一三〇キロの巨漢、ラッシャー牛尾だ。

小柄な雲路はロープ中段の下を潜ってリングに入ったが、ラッシャーは巨体を誇示するように上段ロープを跨《また》ぐ。

リングに上った一四人の選手と四人のセコンド、それに山手巡とレフリーの計二〇人は、三列に整列して四方に頭を下げる。それが終わると、格闘ユニバーシティのテーマ音楽が鳴り響き、入場時とは逆の順番で引き上げる。

そんな情景を控室のテレビモニターで見ていた魔矢に、コンコンとドアを叩く音が聞こえた。誰だろう？　と思いながらドアを開くと、そこに、ギターを抱えたタケシが立っていた。後ろには若いサックス奏者の王寺と、中年のクラリネット吹きの赤羽もいる。

「遅かったわね。もうちょっと早く来たら、今の開会セレモニーで顔見せのチャンスがあったのに」

魔矢がそう言うと、タケシは「道が混んでいたもんだから」といいながら頭を掻いた。後ろのクラリネット吹きの赤羽は「だから早めに出ようといったじゃないか」と、タケシを叱りつけていた。

やっぱり頼りない男なんだな、と魔矢は思った。

「そこの廊下のベンチで待っててよ。すぐ山手さんと音響担当が来るから」

と言ってドアを閉めた。魔矢にとっての最大の気掛かりは、「南三列一一番」の席に神田のおばさんが来るかどうかだ。

試合は予定通りに進んだ。

第一試合のデビュー戦の巣鴨みつ子が一一分三五秒でフォール負けした。デビュー戦で一〇分を超える奮闘は見込みがある。将来は日暮里子に続くスターに育てたい、と魔矢は思った。

続いては北国女子プロレス所属選手による六人タッグ。双方三人ずつが入り乱れるファイトだ。竹刀《しない》が振り回され、チェーンが持ち出され、パイプ椅子が投げ込まれる乱戦だったが、意外に見どころのあるファイトだった。

第三戦は、美濃秋乃・飛騨雪枝の善玉コンビと日暮里子・カルメン・ロメロの跳び技組が対戦するタッグマッチ。並みの興行ならメインイベントにしてもよいほどの好カードだ。

これを休憩前の第三試合に入れたのが山手巡自慢のマッチメイク。会場の雰囲気を盛り上げるとともにＣＤやパンフレットの売り上げを伸ばす戦略だ。

実際、この試合は盛り上がった。ロメロがメキシコ流の跳び技を連発すれば、日暮里子も巧妙な足技で場内を沸かした。結果は二三分一五秒で美濃がロメロからフォールを奪ったが、内容的には日暮・ロメロ組が押していた。

魔矢はその様子に満足した。控室に戻って来た日暮とロメロを、廊下に出て迎えた。

ここで「リング調整のため二〇分間休憩」。

観客がトイレに立ちタバコを吸い、グッズや次回興行の前売券を買う時間だ。

テレビモニターには、多くの観客が席を立ち空席になっている客席と、リングを拭く練習生の姿が映っている。今夜デビューを果たした巣鴨みつ子も、黒いトレーニングウェアで掃除を手伝っている。興行費用を安くするために、選手はいろんな作業をしなければならない。

「神田のおばさんはもう来たかな」

魔矢はそれが気になったが、テレビモニターには南側の観客席は映らない。今日の試合はCS放送で流されるが、会場には放送席がない。二台の固定カメラと一台の手持ち移動カメラで撮影した後、スタジオで編集フィルムを見ながら、解説とアナウンスを入れるのだ。コストはかかるがそのほうが安全。実況中継でうっかり放送禁止用語なんかが入ったりしたら大変だ。

赤コーナー寄りの北側隅では、白い幟を用意している群れがいる。白地に赤で「必勝！　千夏」と大書してある。一本千円で受注する業者がいるのだ。

非常階段の方からは、ギターやサックスの軽い練習音が聞こえてきた。タケシたちが用意してるのだろう。

「間もなく試合を再開します。お客様はお席にお戻りください」

の放送が二度ほどあった。

休憩後の最初の試合は、肥満体のベテラン、ムーサ大鐘と伸び盛りの若手、伊東春真。笑いの溢《あふ》れる試合で、一五分ほどで伊東が勝った。この間に観客は席に戻り、メインイベントをじっくり楽しむわけだ。

伊東と大鐘の試合の最中に、山手が控室に来た。

「青コーナーから出る者はこっち。赤コーナーの者は向こうに並んで。俺がリングでコールしたら、ちょっと間を置いて入ってくれ。そう、選手たち、バンド、セコンドの順だ。魔矢は最後だぞ」

大声は興奮のせいらしい。脇にいる音響プロデューサーや照明係には見向きもしない。

「あんなに興奮してたんじゃあ、失敗するぞ」と魔矢は思ったが、あえて声はかけなかった。

5

七時五〇分、鬼剣魔矢らは青コーナーに出る階段に並んだ。

先頭はデビュー戦を終えた巣鴨みつ子。次はカルメン・ロメロと日暮里子、ムーサ大鐘の四選手。いずれも黒のトレーナーに剣と矢のマークを背に付けている。

その脇にタケシら三人のミュージシャンが楽器を抱えて立ち、そのあとに二人のセコンド。魔矢は最後尾、みんなが出てから間を置いて出る予定だ。

向こう側、江戸千夏側も同じようなことをしているはずだ。

それを確かめると、山手は顔の汗を拭いて階段を上がり、鉄の防火ドアを開いて会場に出て行った。

「本日のメインイベントを行ないます」

そんな甲高い声が伝わり、続いて、

「青コーナーから鬼剣魔矢選手の入場です」

という声がした。途端に鉄の防火ドアが開き、先導の四人の選手が出た。同時に音響係がいつもの魔矢のテーマ曲、「ジンギスカンの二頭の名馬」を大音響で鳴らし出した。これにタケシら三人のミュージシャンは立ちすくんだ。

どうやら、バンドが出ることを、山手は音響係に伝え忘れたらしい。

「こっちからその階段を上がって、ステージの中央に出ろよ」

魔矢はそう囁いてタケシの背を押した。それでもタケシは躊躇《ちゅうちょ》していたが、クラリネット奏者の赤羽が頷いて飛び出した。それに気づいて、音響係は魔矢のテーマ音響の音量を徐々に絞り出した。

後楽園ホールは芸能番組の公開録画にも使われるので、西側正面に広い舞台がある。格闘技仕様の時はホール中央にリングを組み、西側の舞台の上にも椅子を並べて観客席にする。

タケシら三人は、観客で一杯の舞台に飛び出した格好だ。それでも舞台慣れしているらしい赤羽は、すぐにクラリネットを吹き、王寺もサックスで調子を合わせた。困ったのはタケシだ。ギターの音量は低いし、マイクもない。うろたえ気味に二人の後を進みながら「魔矢こそ真実」という歌詞を叫び出した。

なんてドジな奴だ。自分の出方も打ち合わせてないのか……一瞬魔矢はそう思ったが、すぐタケシの後を追ってステージに上がった。照明係が青白いスポットライトを魔矢に当てた。「ワーッ」という歓声が起こる。意外な場所から意外な形で出現した魔矢に観客は沸いた。

魔矢はステージの上でフラメンコの帽子に手をやり、腰をひねってポーズをした。

ようやくタケシがマイクを持っていないことに気づいた山手が、ハンドマイクをタイムキーパーに持たせて寄こした。

タケシはそれを受け取り、自作の応援歌を歌い出した。

「魔矢こそ真実、媚《こ》びない、負けない、笑わない」

という歌詞だ。

「今日は、ゲーリー・タケシとダブルスの三人が鬼剣魔矢の応援に来てくれました」

リングで、山手が遅ればせの紹介をしている。魔矢は舞台を北側の端まで歩き、リングを一周する形で青コーナー下に出た。そこにはさっきの四人の選手が待っていた。

「本日は特別ルールにより、指名されたセコンド以外はリングサイドに入れません。控えの選手は柵の外で待機してください」

山手巡がそんな解説をしている。青コーナーの前にはレフリーと警備会社の制服職員が三人いて、選手らの立入りを抑えている。

魔矢はゆっくりと、警備員と控え選手の口論を見ていた。一つには対立気分を煽《あお》るため、もう一つにはタケシらに演奏時間をたっぷりと与えるためだ。

「魔矢こそ真実、媚びない、負けない、笑わない」

タケシが歌っている。やがてメロディが転調した。二番だろうか。聞くともなしに聞いていた魔矢は、ハッとした。

「魔矢こそ真実、媚びない、負けない、笑わない。そんな魔矢を鉄人も応援している。そんな魔矢を鉄人も応援している」

二番の歌詞に唐突に出てくる、「鉄人」という単語。

それは、格闘ユニバーシティのサイトに、いつも魔矢のことを応援する書き込みをしてくれるあのハンドルネームだ。

鉄人って、タケシのことだったのか……。

こんな歌詞でしかいえないなんて、不器用なやつ……。

魔矢は、タケシの歌を聞いているうちになんだか無性に笑いたくなったが、悪役の自分が試合前に笑うわけにはいかない。唇をぎゅっとかみ締めた。

二分ほどして、大小二人の男がリング脇に来た。赤いシャツに黒い背広を着た、雲路みつるとラッシャー牛尾だ。

「よし入れ」

レフリーは手持ちの紙片と見合わせて二人をリングサイドに入れたが、魔矢は止められた。

「特別ルールにより、選手は厳重な服装検査をします。凶器の持ち込みは禁止です」

リングの上から山手が叫んだ。

レフリーは魔矢を南側のニュートラルコーナーに立たせて、丹念な服装検査を始めた。帽子を脱がせて髪を撫でて、ガウンの下の方や腰を調べ、左右の太ももに触れる。そして最後に左の靴を指して「何だ、何だ」と大声を上げた。

「フン、これかよ」

魔矢はレスリングシューズから鉄棒を引き出し、大きく放り投げるようにリング上に捨てた。レフリーはそれを拾い上げて観客に見せる。観客席からは「ワーッ」と歓声が上がり、やがてブーイングに変わった。

青コーナーに突っ立った魔矢は、素知らぬ顔でただ一つのことを探していた。「南三列一一番」、神田のおばさんに取り置きしたあの席だ。

それはリングと同じ高さで、青コーナーからも遠くない位置だ。魔矢は眼でその位置を確かめた。だが、そこは、満員の観客席の中でポッカリと空いていた。

「神田のおばさんはまだ来てないいんだ。今日も娘さんの用事で来れないのか……」

魔矢は厳しい罵声《ばせい》の中で、そんなことを考えた。

やがて魔矢は、他の知人を探した。上野みどりはすぐ見付けた。神田のおばさんに取った席の二段上の左寄りだ。今日のお連れは同年齢の女性。恐らく銀行の同僚だろう。

「大九組」の会長は東正面のリングサイド、何人かの部下を引き連れている。

武州銀行の相模支店長、砂場正一もわかった。ステージの西側二列の四番、いつもの前髪を少し垂らした姿でいた。すぐ横には灰塚信二と巨漢の粉浜清七も見えた。

「あの刑事は」と魔矢は探したが、見当たらない。

「赤コーナーから江戸千夏選手の入場です」

南西角のニュートラルコーナーで、山手巡が叫んだ。スポットライトの色が青白から朱色に変わり、ロック調の千夏のテーマが響く。間を置かず西側のステージ脇の扉から飛騨雪枝や美濃秋乃ら五人ほどの選手が白いトレーニングウエアで現れ、「必勝！　千夏」の幟の群れが通路に溢れた。

それでも江戸千夏は現れない。観客の「千夏コール」を確かめているのだ。

やがて同じ白のトレーニングウエア姿の権藤小百合と品川弥助が現れた。すかさず山手が、

「本日の特別ルール髪切りマッチでは、権藤組所属世界女子チャンピオン権藤小百合選手と帝国プロレス所属の世界ミドル級チャンピオン品川弥助選手が江戸千夏選手のセコンドを務めます」

とアナウンスを繰り返し、観客の喝采を集めた。ひまわり模様の付いた白衣装の二人は若々しい。黒の背広の中高年二人組の鬼剣魔矢セコンド陣とは対照的だ。

それだけの儀式が終わったあと、赤コーナー側の花道に江戸千夏が現れた。

先刻の魔矢に対抗するかのように西側ステージを横断し、リング下を通り抜けてゆっくりとリングに上る。向日葵マークの付いた白い革ジャンパーに膝まである白いレスリングシューズ。すべてにおいて魔矢とは対照的だ。

約五分間、山手巡は江戸千夏が喝采を浴びるのに任せた。

その間レフリーが入念な服装検査を行ない、その結果を山手に報せる。見え透いた演出だが、プロレスファンに限らず、大体の人はそんな演出に乗りやすい。

「大変長らくお待たせしました。本日の特別ルールにより選手の服装検査を行ないましたところ、鬼剣魔矢選手はこの鉄の棒を靴に隠し持っていました。これはきわめて危険な凶器のため

没収します。江戸千夏選手にはなんら異常は認められませんでした」

これでまた観客はひとしきり騒いだ。そんな観客の気分をじらすように、山手巡は今日の特別ルールの説明をした。特に力を入れたのは、セコンド以外はリング周辺の柵からは中に入れない、認められたセコンドも試合中の選手には触れられない、万一選手に触れたセコンドはレフリーが退場を命じる、この命令の実行のために六人の警備員を配置している、といったことだ。

山手は、

「本日の警備を担当する方々です」

と言って、警備会社の制服社員六人をリングに上げて紹介し、レフリーと握手を交わさせた。

鬼剣魔矢は、この仰々しい儀式の間、じっと青コーナーにもたれていたが、頭の中では「試合が終わるまでに、神田のおばさんが来るってことがあるだろうか」と考えていた。

6

午後八時きっかりに、「格闘ユニバーシティ年末後楽園大会」のメインイベント、「敗者髪切りマッチ」が始まった。

出だしは平凡。いつもとおなじような投げ技の応酬からバックを取り合い、そしてブレーク。江戸千夏が体力にものをいわせた抱え投げを連発すれば、鬼剣魔矢は跳び蹴りで千夏の巨体を倒す。その間、双方四人のセコンドは身を乗り出し、叫び、マットを叩いて怒鳴った。超満員の観客は、千夏が髪の毛を掴んで魔矢を投げ飛ばすと大歓声を上げ、魔矢が千夏の指に噛《か》みつくと大ブーイングをした。

そんな場内の雰囲気を感じとってか、千夏の技はいつもより大胆で荒っぽい。遠慮なく拳打ちを喰らわし、髪の毛も掴んだ。そんな千夏の試合運びに魔矢は、本気で勝ちに来ていると感じた。そして同時に、圧倒的な人気でかえって焦っているとも思った。

一〇分ほどを過ぎて首相撲型に組んだ時、魔矢は千夏の耳元に、

「今日は私が勝つんだからね。そのほうが格闘ユニバは人気出るよ」

と囁いた。千夏はそれに応えず、ぐいっと力を入れて魔矢をロープに押し付け、左頬に平手打ちを喰らわした。頭に響く強烈な一発だった。

「二〇分経過、戦闘時間二〇分経過」

アナウンスが場内に響いた。鬼剣魔矢はかなり疲れていた。

だが、疲労の程度は相手のほうが深いように思えた。肥満体の千夏はだらだらと汗を流し、口で呼吸をしている。観客の歓声も罵声も、マンネリ化して来た。

「頃合いだな」と魔矢は思った。

次の瞬間、千夏が魔矢の髪を掴んで頭をコーナーマットに叩き付けた。今日は多用している

技だが、この時は魔矢は無抵抗で苛《いじ》められてみせた。

その様子にセコンドの雲路みつるがリングに這い上がり、「千夏は反則だ、反則負けをとれ」と喚きながらレフリーに詰め寄った。続いてラッシャー牛尾もリングに入り大きな身体でレフリーをコーナーに押し込んだ。両手を後ろに組んで声と身体で押す。その隙に魔矢は雲路から鉄棒を受け取り、千夏の額を叩いた。

千夏は「凶器！　凶器」と叫び、観客からも怒りのブーイングが出た。

数秒後にラッシャーを押しのけレフリーが出てきた時、魔矢は鉄棒を雲路に渡し、両手を開いてみせた。

リングの下からは権藤小百合と品川弥助が、観客席からも数百の人々が、「凶器を隠したぞ」「雲路が持っている」と叫んでいる。千夏本人も殴られた額を見せて抗議している。

「何も持ってないよ、こいつら嘘ついてるんだ」

魔矢がそう叫ぶと、また牛尾が出て来て、

「レフリー、よく見ろ、野次に惑わされるな」

などと叫びながらロープ際に押し込む。そしてその間に魔矢は雲路から鉄棒を受け取って再び千夏の頭を叩いた。

それで千夏の額が割《さ》け、赤い血が噴出した。

これに怒った千夏のセコンド品川弥助が飛び出し、魔矢の腕を摑んで鉄棒を取り上げようとした。魔矢が弥助の腰に抱きつくと、弥助は魔矢を担ぎ上げて大きくマットに放り投げた。

この結果、「選手に手出しをした」との判定で品川弥助は退場、リングサイドに手錠でつながれた。魔矢は「証拠不十分」でお咎めなし。千夏の流血は原因不明のまま「試合続行」となった。

再び魔矢と千夏がもつれ合ってリング下に落ちた瞬間、千夏のセコンドの権藤小百合が千夏にパイプ椅子を渡した。これで魔矢はこっぴどく殴られて、頭から出血した。

さらに千夏は、魔矢の髪の毛を摑んで何度も魔矢の頭をリングの鉄柱にぶつけ、流血を拡げる。観客は大喜びで、「やれ！　やれ！　千夏、もう一〇回、もう一〇〇回、もう一〇〇〇回、千夏！」のコールを繰り返している。白い幟の集団がつくったフレーズだ。

7

「三〇分経過、戦闘時間三〇分経過」

場内アナウンスが聞こえた時、試合はかなり荒れていた。

両選手は流血し、双方のセコンド四人はすべて退場、手錠でリングサイドにつながれている。観客席は乱闘と興奮で乱れ、「双方負傷により引き分け」になるのではという状況になった。

もちろん、鬼剣魔矢にそんなつもりはない。

「服装検査で凶器の持ち込みは禁止する」とはしたものの、その場で摑んだ椅子や靴を使うのは禁じていない特別ルールだけに、戦いは時とともに過激になった。

「いよいよ本当の根性勝負だな」と魔矢は思った。相手の江戸千夏は、流血は止まっているが、汗を垂らし息を弾ませている。スタミナ切れ寸前らしい。

「こんな時は、速い動きをすれば敵は付いてこない」と魔矢は考えた。そしてすぐそれを実行した。まずは跳び蹴りの連発。ロープからのボディアタック。それから肩に当たって相手を倒すタックル。そして最後はバックドロップ。相手を抱え上げて後ろに落とす大技だ。

魔矢はこれらをすべてやった。だが、自分も疲れた。特に最後のバックドロップは不完全。八〇キロの千夏を抱き上げるのには無理があり、落とす角度が低かった。

ここから、千夏の反撃がはじまった。寝技、絞め技などの省エネ戦法だ。確かに千夏は疲れている。だが巨体で豪力だ。逆エビ責めから太い足で首を責める三角責めに変わった。どうやら、得意の背骨折りでギブアップを奪おうとしているようだ。

魔矢は必死の思いでリング下に転がり落ちて逃れた。

だが、今やリング下は無法地帯。そこにある椅子や机は使い放題。しかも観客の中にはパイプ椅子を千夏に差し出す者さえいる。魔矢はパイプ椅子で一〇回ぐらい殴られていて、また流血がひどくなった。

「ちょっと千夏、応援団が多いからって調子に乗るんじゃないぞ」魔矢はそう叫びたくなった。

だが次の瞬間、頭上から折り畳み型の細長いテーブルが落ちて来た。千夏が高々と抱え上げて振り下ろしたのだ。

「ガツン！」という激しい衝撃で視界が真白になった。これまでにも何度か経験のある症状、瞬間脳震盪だ。気が付いた時には、髪の毛を摑まれてリングの下を引きずられていた。

「これはヤバいぞ」と魔矢は思った。千夏は、動きの止まった魔矢をリングに押し上げた。ここで勝負を決めるつもりらしい。

千夏は、ゆっくりとリングに上がり、伸びた状態の魔矢の髪を持って引き起こした。魔矢には、この姿勢から出る次の一手がわかる。担ぎ上げて背骨折り、プロレスの用語では「アルゼンチン・バックブリーカー」という技だ。相手を仰向けにして両肩で担ぎ、右手で首を、左手で片太股を引き下げて背骨を責める手だ。以前にも魔矢からギブアップを奪ったことがある、千夏の得意技だ。

魔矢は、千夏の肩に担がれ、太い腕で首と右太股を押さえられた。

「ヤバい、痛い、苦しい」と魔矢は感じた。この時、これまで四〇分の試合時間で見えなかった光景が目に映った。天井の照明と高い南側の二階立見席だ。

「いた」と魔矢は感じた。南側二階立見席の端に、あの青年刑事がいる。

そして千夏が方向を変えた時、魔矢はもっと大きな衝撃を感じた。

西側二階立見席に、神田のおばさんがいた！　すぐ横には若い男女がリングを、千夏の肩の上で仰向けに担がれている魔矢を、見つめている。

神田のおばさんは来てくれたんだ。看護師の娘さんとその恋人の医師を連れて。三人一緒に観戦するために、南三列一一番席ではなく、あえて二階の立見席に入ったんだ。

……魔矢の脳裡にそんな思いが閃《ひらめ》いた。

「ギブアップか、魔矢、ギブアップか」

と怒鳴るレフリーの声が耳元で響き、会場を揺らすような歓声を肌に感じた。だが、魔矢は首を振った。おばさんの前でギブアップはしたくないとの思いが湧《わ》いた。

次の瞬間、首を摑んでいた千夏の手が外れ、魔矢はマットに仰向けに叩き付けられた。魔矢を後ろに放り投げたのだ。

衝撃が背に伝わり、胸が動かない。それでも横隔膜を押し下げて、腹に息を入れることができた。

「千夏は……」

魔矢は目を見張った。マットに倒れた魔矢の姿勢では、頭上右側に、千夏の大きなお尻が見えた。股を開いてコーナーロープ中段に昇ろうとしている。次には魔矢のところに落下し、全体重を掛けた肘打攻撃（エルボーアタック）で止《とど》めを刺そうとしているのだ。

「チャンスだ……」と魔矢は感じた。

素早く身体が起きた。そして次には腰を沈めて、頭を千夏の開いた股に突っ込んでいた。そして上半身を垂直に立て、膝の屈伸だけで頭上の千夏を持ち上げた。新横浜のジムのトレーナーから習った重量挙げの手法だ。

江戸千夏の全身が浮き上がった。八〇キロの重みは感じなかった。魔矢は三歩後ろに退き、思い切り身を反らして頭上の千夏を投げ捨てた。魔矢流の「津波スペシャル」だ。ドスンという鈍い衝撃が伝わり、魔矢の身体は、二つ折りになった千夏の身体に乗っていた。魔矢は身体を捻って向きを変え、全身で千夏の両膝の裏側を押さえた。

慌ててレフリーが来て脇に膝をつき、マットを叩いた。

「ワーン……ツー」と叫ぶ声が、遠くの杭打ちの音のようにゆっくりと響いた。

カウントは、魔矢にはいつになく長く感じられた。だが、千夏は動かなかった。後頭部の衝撃で瞬間的に脳震盪を起こしたらしい。

「スリー」とレフリーが叫んでマットを叩いた。

魔矢は「勝った！」と思った。その瞬間、自分の身体を千夏の足側から転がり落とし、西側のロープに転がった。

どれくらい経ったのか。魔矢には長い時間に思えたが、二秒とは経っていなかったはずだ。試合終了のゴングが鳴り響き、レフリーが魔矢の右手首を摑んで上げた。まだ魔矢が立ち上がる前だ。横には、江戸千夏の分厚く長い身体が寝ている。

「私、勝ったんだ……」鬼剣魔矢は自分にそう言い聞かせながら立ち上がった。会場内には喝采の叫びと失望の溜息、そして批難のざわめきの混じった声が渦《うず》まいていた。

そんな中、立ち上がった魔矢はまず西側の二階立見席を見た。そこも喝采と罵声と失望の溜息が渦まいていた。その中で一人、灰色の服のおばさんは何故か両手で口元を押さえている。この騒乱の群集の中では印象的なポーズだ。

「四二分三五秒、後ろ投げからの体固めで鬼剣魔矢選手のフォール勝ちです」

しばらくして、山手巡がリングに上がってきてアナウンスした。

改めて拍手と罵声が飛び、セコンドと控え選手がリングに上がった。カルメン・ロメロと日暮里子が慣れた手つきで血の垂れる魔矢の額に手拭いを巻いた。美濃秋乃や飛騨雪枝が座り込んで江戸千夏の介抱をしている。

リング中央ではムーサ大鐘と雲路みつるがパイプ椅子を据えて、「髪切り儀式」の場を造り出した。

「それでは敗者髪切りの特別ルールの通り、これより負けました江戸千夏選手の髪切りを始めます」
二、三分程間を置いて、山手巡がアナウンスした。額の出血跡を拭いた千夏は「どっこいしょ」といった感じでパイプ椅子に座った。それに合わせて山手は青コーナーの魔矢を手招きし、髪切り用のハサミを差し出した。
後ろには、バリカンと千夏が募集した小山のような剃刀の盆を持ったタイムキーパーがいた。一日八千円でアルバイトに来る大学生だ。

8

鬼剣魔矢はリング中央に出る前に、もう一度観客席を見回した。普通は試合が終わるとすぐ観客は帰り出すが、今日はほとんど動かない。「留めの惨劇＝髪切り」を見たいのだ。

正面東側観客席の中央には、トロフィと賞金、激励の花束を出した『大九組』の大崎九郎会長が数人の仲間とともにいる。

西側二列四番、ステージ下の席には砂場正一支店長と連れの灰塚信二がいる。共に立たず叫ばず拍手だけのお行儀よい観客だ。その後ろの粉浜清七は立ち上がっている。格闘技にのめり込むファンらしい。

南側二階の立見席。そこもまだ歓声とどよめきの最中だ。だが一番端にいたはずのあの青年刑事の姿は消えていた。

そして、最後に魔矢はゆっくりと西側二階の立見席を見た。そこに、神田のおばさんの姿はなかった。

娘とその恋人を連れて来たおばさんが、なぜ急いで帰ったのだろう。

「私が勝ったのが気に入らなかったのか。それとも……」と考えて、ふと思い当たった。

「私があの秘技『津波スペシャル』を使ってしまったからじゃないか」

途端に、魔矢はひどい疲労と気疲れを感じた。ムーサ大鐘と雲路みつるに挟まれてリング中央に出た鬼剣魔矢は、山手巡の差し出すハサミを拒み、山手に返すと呟いた。

「お前がやれ」

そのまま、鬼剣魔矢はリングを降りた。観客はまた大騒ぎし、スポーツ新聞のカメラマンやCSテレビの手持ちカメラが追ってきた。

背後では「鬼剣魔矢選手は極度の疲労のため、江戸千夏選手の髪切りは私、山手巡が代行します」というアナウンスが聞こえ、観客たちの「失望の呻き」が追い駆けて来た。

控室に降りる入り口に入る防火扉の前で、立っていた守衛に魔矢は頼んだ。

「そこ、閉めて」

記者やカメラマンや追っかけファンはここまでだ。先導の日暮里子と後払いの巣鴨みつ子だけがあとについてきた。階上ホールのざわめきは続いている。

魔矢は青コーナーの控室「チャレンジャー・ルーム」に入った。

モニターテレビでは、山手巡が江戸千夏の髪を恐る恐る握る様子が映っている。

それ以外は、一時間前に出て行ったままだ。脱ぎ捨てたジーパンと灰色の服や下着が積んであり、リング衣装を入れてきたリュックが転がっている。入り口の脇には手提げ袋と白い紙箱、フラメンコの帽子の入っていた箱が投げ捨ててある。

何もかも一時間前と同じだ。

だが、一つだけ変わっていることに、魔矢は気が付いた。

スチールテーブルの上に、四つ折りの新聞が置いてあるのだ。

「これ、誰が置いたんだ？」

魔矢は日暮と巣鴨に尋ねた。

「さあ、私たちも会場に出てましたから……」

二人は顔を見合わせて応えた。

「誰か試合中にこの部屋に来たのかな」重ねて魔矢は尋ねた。日暮は「さあ」と首を振ったが、巣鴨は、

「ひょっとしたら、あのミュージシャンでは」

と呟いた。

「ステージの隅でずっと見てましたよ。呼んできましょうか」

魔矢は「いいよ、あんなドジな奴ら」と吐き捨てた。

せめて私が勝った時に、リングに跳び出して一曲吹くぐらいの機転がきかないのかなと思った。興行才能の無さが腹立たしい。

魔矢はパイプ椅子に腰掛け、日暮里子が差し出した栄養ドリンクを飲んだ。間もなくこのホールの専属医師が来て、血塗《まみ》れになった手拭いを解《ほど》いてくれるだろう。

魔矢は、テーブルの上の新聞を何気なく手に取った。四つ折りで表紙に出ているのは地方記事「多摩地方版」だ。

「ふん、つまんねえな」

そう呟いてテーブルに投げ戻そうとした時、ふと見えた。左側の小さな記事が赤線で囲われている。その一段限りのベタ記事の見出しは「支店次長は事故死」だ。

「これは……」と魔矢は新聞記事を凝視した。

「さる十月二十一日、多摩原遊園地第二駐車場で変死体で発見された銀行支店次長は事故死と断定された。十九日午前一一時、警視庁で発表」とある。

鬼剣魔矢らの見る「神奈川版」にも、後楽園ホール付近で売られる「都心版」にも出ない小さな記事だ。

「この新聞を置いていったのは誰かな」

と鬼剣魔矢は考えた。

容疑者は二人、と魔矢は思った。あの刑事か、神田のおばさんだ。

どちらも試合中は二階席で観戦していたのに、試合終了直後に姿を消した。

観客席から降りてきて、この部屋に新聞を置く時間はある。

新聞の上に載った小箱には「ミルキー製菓多摩原店」というレッテルが貼ってある。今日の製造年月日と二カ月先の賞味期限の付いたレッテルだ。どうやら今日の夕方、新聞とともに買ったものらしい。

状況証拠はある、と魔矢は思った。試合終了後の短い時間に魔矢の控室に入ってきて新聞と小箱を置けるのは、ここを何度も使った経験者だ。

アキ津南さんならそれができる。鬼剣魔矢はそういう結論に達した。

「これは、すべて終わりにしようという神田のおばさんのメッセージだな」

魔矢は小さな声で呟いた。

「安心しな、おばさん。いや、アキ津南先輩。私は真相を誰にも言いませんよ。先輩の胸中を思ったら、言えませんよ」と、心の中で語りかけた。

その時、ドヤドヤッと喧《やかま》しい足音を立てて、山手巡が飛び込んできた。

「魔矢、勝利者会見だ。すぐ記者さんとカメラさんが来る。いやそのまま、そのまま、血止めの手拭いを巻いたままの姿がいい。激戦の感じがでるからな。おい、巣鴨、このテーブルは邪魔だぞ。そっちに寄せろ。魔矢は奥の畳の上に椅子を置いて座れ。全身見えるほうがいいから」

山手巡は全身に汗を垂らしながら指示すると、巣鴨と一緒にスチールテーブルを抱え上げ、隅に押し込んだ。机上の小箱が滑り落ちるのも気付かず、床の新聞を踏み破るのも気にせぬほどの慌てぶりだ。

山手巡の興奮状態に気圧《けお》されて席を立った鬼剣魔矢は、もう一度心の中で呟いた。

「これで、すべて終わった。今回の真相は、私だけの胸に秘めて、墓場まで持っていくよ……」

あとがき

大好きなプロレスを舞台に、ミステリーを書いてみたい。

漠然とした思いを抱いたのは、もうずいぶん前のことになります。

思いだけではダメだ。始めなくては――と、実際に書き始めたのが3年前。空き時間を見つけては少しずつ書き進めていきました。

犯人だけは最初から「この人」と決めていましたが、警察や銀行のことなど、書けば書くほどわからないことが増えてくるという状態で、周りの人に教えていただきながら、少しずつ前進していきました。今回、本という形にまとめられて、とても嬉しく思っています。

今私は、1986年8月17日の後楽園ホールでのデビュー戦直前のような、緊張感でいっぱいです。尾崎魔弓のミステリー作家デビュー戦、ひとりでも多くの方に観戦していただけると嬉しいです。

最後に、構想段階のときから応援し続け、今回推薦の言葉までくださった堺屋太一先生に感謝申し上げます。

2014年8月

尾崎魔弓《おざきまゆみ》

リングから見《み》えた殺意《さつい》
―女子《じょし》プロレスラー・鬼剣魔矢《きつるぎまや》の推理《すいり》

平成26年9月10日　初版第1刷発行

著　者　尾崎魔弓《おざきまゆみ》
発行者　竹内和芳
発行所　祥伝社《しょうでんしゃ》
〒101-8701
東京都千代田区神田神保町3-3
☎03(3265)2081(販売部)
☎03(3265)1084(編集部)
☎03(3265)3622(業務部)
印　刷　堀内印刷
製　本　積信堂

ISBN978-4-396-61502-4 C0093　Printed in Japan
祥伝社のホームページ・http://www.shodensha.co.jp/